로크미디어가
유혹하는
재미있는 세상

AMERICAN DREAM

아메리칸드림

아메리칸드림 6

2015년 8월 25일 초판 1쇄 인쇄
2015년 8월 28일 초판 1쇄 발행

지은이 금선
발행인 이종주

기획 팀 이주현 이기헌
책임 편집 이정규

발행처 (주)로크미디어
출판등록 2003년 3월 24일
주소 서울시 용산구 원효로97길 46 5층
Tel (02)3273-5135 Fax (02)3273-5134
홈페이지 rokmedia.com E-mail rokmedia@empas.com

© 금선, 2015

값 8,000원

ISBN 979-11-255-9566-3 (6권)
ISBN 979-11-255-8800-9 04810 (세트)

아메리칸 드림

| 금선 장편소설 |

ROK
MEDIA

로크미디어

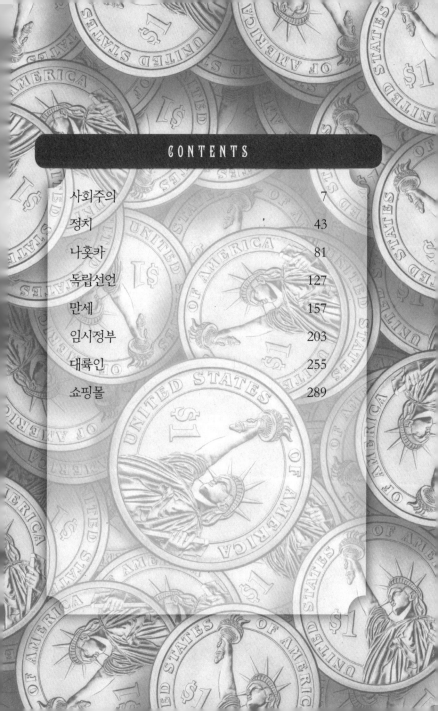

CONTENTS

사회주의

"한인들의 숫자를 당장 늘릴 필요가 있어."

임시방편으로 이민자들을 중부에 눌러 앉힌다고 하더라도 서부로 유입되는 인구를 막을 수는 없기에 한인 문화권을 유지하기 위해서는 한인들의 인구 유입을 지금보다 늘릴 필요가 있었다.

"그런데 뉴칼레도니아로 가는 사람들을 막을 수 없으니, 다른 방법을 찾아야 하는데……."

현재 한인 이민자들이 첫 번째로 도착하는 장소는 하와이였다. 거기서 뉴칼레도니아로 갈 것인지 아니면 미국 서부로 갈 것인지 선택해서 이주하고 있었다. 그런데 뉴칼레도니아 자치권이 허락된 상태였기 때문에 현재는 뉴칼레도니아를 선택하는 사람들이 많았다. 식민지가 된 국내에서 경험으로 다른 민족에 배타적이었는데, 그 이유가 이런 선택에 크게 한몫했다.

"꾸준히 한인들이 유입되고 있기는 하지만 아직도 부족해."

본토에 많은 한인들을 유입시키고 싶었다.

"땅은 많은데 올 사람이 없다니⋯⋯."

대찬은 어이가 없었다. 대한민국에서는 집값이 너무 비싸 집 장만이 엄청 힘들었는데, 지금은 한 명당 3백 평씩 땅을 주고 저택을 지어 주어도 올 사람이 없었다.

쾅!

폭탄 소리가 들렸다.

"뭐야!"

놀라서 창밖을 보니 멀지 않은 곳에서 검은 연기가 치솟고 있었다.

대찬은 자신을 암살하기 위한 테러 행위가 아님을 깨닫고 안도에 한숨이 나왔다.

"휴."

마음을 진정시키고 어디서 폭탄이 터졌나 보니 샌프란시스코 시청이었다.

"도대체 뭐가 어떻게 된 거야?"

"사장님!"

덕원이 급하게 사무실로 뛰어 들어왔다.

"오늘은 이만 자택으로 돌아가시는 게 좋을 것 같습니다."

경호원까지 동조의 눈빛을 보냈다.

"차 준비시켜요. 그리고 무슨 일인지 알아봐요."

"네."

위험하다고 판단되는 번화가를 차량을 통해 일사불란하게 빠져나갔다. 그동안 덕원이 수집한 정보를 보고했다.

"사회주의자들입니다."

"아!"

미국이 전쟁에 참전하면서 이를 반대하는 사람이 많았다. 이는 곧 행동으로 나타났다. 전쟁 반대자나 파괴분자 들이 전쟁을 수행하는 것을 방해하고 있었는데, 이게 과격한 행동으로 나타났다.

"얼마 전에 치안유지법이 제정되었죠?"

미국 의회는 치안유지법을 제정하여 징병에 대해 저항을 장려하여 전쟁 수행을 방해하는 것을 불법으로 만들었다.

"맞습니다. 그래서인지는 잘 모르겠습니다만, 한층 더 과격해진 것 같습니다."

"방금 일어난 일은 누가 그런 것인지 확인되었나요?"

"……."

덕원은 말을 잇지 못했다. 순간 대찬의 머리가 삐쭉 섰다.

"한인이군요."

"……죄송합니다."

대찬은 지끈거리기 시작하는 이마를 짚었다.

"왜 그런 거랍니까?"

"과격파 사회주의자입니다."

프롤레타리아를 지향하는 사람들은 볼셰비키 혁명 이후 사기가 올랐는데, 비록 과격할지라도 이러한 행동을 통해서 사회주의의 부름에 응답하려 했었다.

"한인 사회주의자들과 면담을 추진해 봐요."

"네."

"그리고 시청에 피해 보상금, 아니 넉넉하게 기부하고 토마스 씨와 약속을 잡아요."

당장 할 수 있는 일을 지시하기는 했지만, 불안한 마음이 진정되지 않았다.

한인 사회주의자들과 만남은 신속하게 이루어졌다.

"반갑습니다. 강대찬입니다."

인사를 하고 면밀히 살피니 호의적인 반응이 반이였고 뭔가 못마땅한 듯 시큰둥한 반응이 절반이었다.

"무슨 일로 우리를 만나자고 했습니까?"

"오늘 있었던 일 때문입니다."

"역시 그렇습니까? 그렇다면 딱히 할 말이 없습니다."

시큰둥한 반응을 보이던 사내가 대표인 듯 다른 사람들은 말이 없이 듣고만 있었다.

아메리칸
드림

"할 말이 없다는 것은 본인이 지시했기 때문입니까?"

"……."

"맞군요."

가슴속에서 화가 불같이 일어났지만 입술을 씹으며 진정하고 말을 이었다.

"이유가 있습니까?"

대찬의 눈이 이글이글 불타오르고 있었고 그 눈빛을 정면으로 대응하는 사내 역시 지지 않겠다는 듯 피하지 않았다.

"프롤레타리아."

짧게 한마디만 했다.

"그래서 여러분이 얻는 것은 무엇입니까?"

"완전한 공산주의 이룩."

"묻겠습니다. 가능하겠습니까?"

"볼셰비키는 이미 승리하였습니다."

"그럼 어디서 공산주의를 이룩하려 합니까?"

"부르주아들이 만들어 놓은 군대, 종교, 경찰, 국가 등이 무슨 필요가 있겠습니까?"

뼛속까지 프롤레타리아혁명을 지지하는 자였다.

"좋습니다. 그럼 당신의 소속은 어딥니까? 한인입니까? 미국인입니까?"

"소속을 말하자면 사회주의 노동당이지요."

"그럼 왜 여기 있습니까? 당장 러시아로 가시면 되지 않겠습니까?"

"러시아에서는 이미 프롤레타리아혁명이 성공적으로 이루어지고 있는데, 거기 가서 할 게 뭐가 있겠습니까? 여기에서 혁명의 붉은 깃발을 펄럭여야지요."

"그럼 현재 러시아 상태도 잘 알고 계시겠군요?"

"물론입니다."

대찬은 준비해 온 서류 더미를 건넸다.

"뭡니까?"

"읽어 보세요."

처음 몇 장을 넘길 때까지는 별다른 변화가 없었으나 바쁘게 손이 움직일수록 표정이 나빠졌다. 그러고는 서류를 던졌다.

"나에게 사기 치려는 겁니까?"

"처음 안 사실인가 보지요?"

넘겨준 서류에는 혁명으로 인해 러시아에 일어난 변화와 실태가 적나라하게 나와 있었다.

"여러분이 여기 이 땅 미국에서 사회주의 활동을 하는 것에 대해서는 솔직히 별다른 관심이 없습니다. 그런데 여러분에 의해서 한인들이 피해 보는 것은 제가 용납할 수가 없습니다."

"금산 선생님, 그게 무슨 말입니까?"

처음부터 호의적으로 대찬을 보던 사람이 처음으로 입을

열었다.

"여러분은 당장의 삶이 불만족스러워서 사회주의 활동을 하는 것 같지만, 아주 솔직하게 이야기해서 여러분의 나라가 어딥니까? 우리는 나라도 없습니다. 겨우 미국에 빌붙어서 살고 있는 주제에 분란을 일으키지 말라는 말입니다!"

씩씩거리며 가지고 있는 분노를 일거에 터트렸다.

"그렇게 사회주의를 원하면 지금 당장 러시아로 떠나세요! 당신들의 잘난 이념 때문에 다른 사람들을 위태롭게 만들지 말고요! 지금 여러분이 하고 있는 행동은 반란이에요, 반란! 말인즉슨 여러분이 한 행동 때문에 다 매도당해 죽임을 당할 수도 있다는 거예요!"

시큰둥해하던 사내가 입을 열었다.

"대를 위해서 소를 희생할 수 있는 것 아니겠습니까!"

대찬은 분노로 눈이 뒤집어졌다.

"이런 미친 새끼!"

말이 끝남과 동시에 흥분으로 주먹이 날아갔다.

퍽.

"너의 그 말도 안 되는 이념 때문에 1천8백만 민족을 다 죽일 셈이야!"

계속해서 주먹질을 하려고 하자 주변에 대기하던 경호원들이 대찬을 말리기 시작했다. 하지만 경호원들도 듣고 있다가 분노가 컸는지 눈빛이 장난이 아니었다.

"이만 가시지요."

덕원이 차분하게 가라앉은 목소리로 대찬이 떠나길 종용했다.

"너 이 개자식!"

한 대 얻어맞은 사내가 대찬을 똑바로 응시했다.

"민족의 앞길을 막지 마!"

마지막 일갈을 하고 양손을 들어 진정했다는 표시를 하자 그제야 경호원들이 붙들고 있던 팔을 놓아주었다.

"나머지 분들에겐 무례에 대해서 사과드립니다."

흥분이 어느 정도 가라앉자 주변에 다른 사람들이 눈에 보이기 시작했고 사과를 했다.

"그런데 몇 년 전에 백인 사회주의자와 대화를 한 적이 있지요. 이름도 모르고 그때 이후로 만난 적도 없습니다. 그런데 그 사람이 나에게 깨달음을 줬지요. 모든 사람들에게 '기회의 평등'을 갖게 해 줘서 감사하다고 하더군요."

"기회의 평등……."

"네, 맞습니다. 여러분이 본 저는 부르주아에 가장 타도되어야 할 대상이겠지요. 그런데 한편으로는 사회주의자가 부르주아의 수괴인 나에게 감사하다고 했습니다. 제가 이 이야기를 하는 이유는 프롤레타리아혁명이 무조건 정답은 아니란 걸 말하고 싶어서입니다. 사회주의 역시 정치의 한 형태이니, 다른 방식으로 무산계급을 위한 정치를 하는 것 역시 사회주의의 또 다른 활동 방법이 아닐까요?"

말을 마치고 쓸쓸하게 면담 장소를 나왔다.

"사장님, 기운 내십시오."

대찬의 처진 어깨 뒤로 덕원이 위로 말을 건네 왔다.

"고마워요."

"아닙니다. 저들은 사장님이 하고 계신 노력의 천만분의 일도 알지 못하니 신경 쓰지 마십시오."

"그럴까요? 오히려 이번 일로 반발이 더 심해지지 않을까 걱정이 되네요."

"광복군에 맡기십시오."

이야기를 듣고 있던 경호원이 말했다. 현재 대찬의 경호를 하고 있지만 그의 소속은 광복군이었다.

"듬직하네요."

믿을 수 있는 사람이 많다는 것에 위안을 느꼈다.

대찬은 집에 도착한 이후 서재에서 위스키가 담긴 잔을 들고 창밖에 떠 있는 달을 보며 상념에 빠졌다.

'책을 한 권 쓸까?'

사회주의자들과 면담 이후 곰곰이 생각해 보니 너무 한쪽의 말만 듣고 따르는 것이 사회주의 문제가 아닐까 하는 생각이 들었다. 그러다 문득 이미 미래에서 사회주의가 어떻게 끝나는지, 어떠한 방식으로 발전할 것인지 알고 있으니 이를 기초로 삼아 글을 써 보는 것이 어떨까 하는 생각이 떠올랐다.

'쓰게 된다면 이념을 가진 당으로서 정치 활동의 한 형태로 대안을 제시하는 것인데…….'

걱정되는 것은 사업은 거리낌 없이 할 수 있었지만 정치는 부담이 크단 점이었다.

'고민해 봐야 될 문제야.'

탕탕.

창밖에서 불빛이 번쩍이는 것이 보였다.

'총소리!'

대찬은 범인이 누구일지 예상이 되었다.

아니나 다를까 큰 소리가 들렸다.

"부르주아를 처단하라!"

많은 수의 경호원이 있기에 그다지 걱정이 되지 않았지만, 불안한 마음은 어쩔 수가 없었다.

쾅.

폭탄 터지는 소리가 들리고 저택에서 비명 소리가 들렸다.

"꺄아악!"

대찬은 엠마와 아이가 걱정되어 두 사람이 있을 거라 예상하는 방으로 뛰어갔다.

"엠마!"

도착해서 보니 아이를 안고 겁에 질려 얼굴이 창백해져 있는 엠마를 볼 수 있었다. 폭탄 소리에 놀란 것이다.

아메리칸
드림

대찬은 아무 말 없이 두 사람을 꼭 안았다.

시간이 지나고 간헐적으로 들리던 총소리가 잠잠해졌다.

"금산 선생님, 이제 정리되었습니다."

"누군가요?"

"낮에 보았던 그 사내입니다."

"그 외에 아는 얼굴이 있었나요?"

"없었습니다."

"우리가 입은 피해는 얼마나 되나요?"

"……두 명이 사망했습니다."

"허."

허탈하고 미안한 마음이 컸다.

"솎아 내세요."

경호원은 아무 말 없이 고개를 끄덕이며 자리를 떠났다.

♣

다음 날 면담을 약속했던 토마스와 만났다.

"먼저 시청 테러는 한인들을 대표해서 사과드립니다."

"사회가 혼란스럽지요. 이해합니다."

"피해자들은 책임지고 보상하도록 하겠습니다."

"신경 써 줘서 고맙군요. 이제 이 이야기는 그만하고 앞으
로 어떻게 했으면 좋겠습니까?"

"정부 반응은 어떻습니까?"

"끝까지 색출해 내자이지요."

"그럼 뜻대로 하시지요. 다만……."

"다만?"

"과격파가 아닌 이상 가능하다면 추방해 주셨으면 합니다."

"추방이라……."

이념과 이상을 떠나 같은 민족이기에 해 줄 수 있는 마지막 배려였다.

"제가 결정할 수는 없지만 보고는 해 보겠습니다."

"감사합니다."

"그런데 존의 민족들은 이 사실을 알까요?"

"네?"

"민족을 위해서 살고 있는 존의 모습을 말이에요. 아마 실체를 알고 있는 사람이 많지 않겠지요."

지근거리에서 오랫동안 보았기에 토마스는 대찬을 안쓰럽게 바라보았다.

"하하, 제 팔자지요."

대찬은 그냥 웃어넘겼다.

🎩

사회주의자들을 정리하기로 합의를 보았지만 원활하게 처

리하지는 못했다. 대찬과의 면담으로 인해서 전향하거나 순순히 수사에 응하는 사람들이 있는 반면에 과격파들은 자취를 감추기 시작했기 때문이었다.

치안유지법으로 수사는 전적으로 정부에서 맡았기 때문에 더더욱 과격파들을 검거하기 힘들었다. 과격파들은 혈연 혹은 지연, 그동안 맺었던 인연 그리고 그들을 지지하는 사람의 도움으로 모습을 감추었기에 좀처럼 수사는 쉽게 진행되지 않았다. 하지만 정부도 쉽게 포기하지 않았고 조금씩 검거를 해 나가고 있었다.

과격파 사회주의들은 신변에 위협을 느끼기 시작했고 활동의 제약이 많았지만, 그럼에도 불구하고 전쟁 수행을 방해하는 공작들을 끊이지 않고 이어 나갔다.

이처럼 상황이 험악하게 진행되자 대찬은 주변 경호원 숫자를 늘렸고 신변의 안위를 지키기 위해 노력했다.

"내가 생각을 잘못했어!"

같은 민족이기 때문에 대찬의 의견을 들어 줄 것이라 생각했지만 큰 착각이었다. 오히려 면담 후에 과격파의 활동이 더욱 두드러졌다.

"이대로는 안 되겠다. 책을 써야겠어."

진지하게 고민을 하고만 있었지 꼭 써야겠다는 의지는 없었는데, 지금은 꼭 책을 써서 사회주의의 이면을 보여 줘야 한다는 의지가 생겼다.

대찬은 사회주의와 관련된 책들을 구해 오라 지시했고, 정
독하며 어느 부분에서 어떻게 반박할 것인지 낙서 수준으로
책에 적으며 집필을 준비했다.

이은은 한인들을 이끌고 유럽에 도착했다.

"……."

아직 전방에 배치받지 않고 후방에서 대기하고 있었지만
전쟁이 무엇인지 어렴풋이 느낄 수가 있었다. 바로 이은의
눈앞에 있는 사내를 통해서였다.

환자복을 입고 있는 사내는 온몸을 제어하지 못했다. 서
있기는 했지만, 온몸을 심하게 떨고 있었고 얼굴은 기형적으
로 움직이고 있었다.

무한 반복.

두 눈도 초점을 잃었고 살아 있는 사람이라는 생동감이 느
껴지지 않았다.

한동안 묘한 대치가 이어지다가 간호사가 뛰어나오자 긴
장감이 풀렸다.

"……씨 들어가요."

이은은 궁금했다, 무엇이 사내를 이렇게 만들었는지.

"왜 이러는 것이오?"

"외상 후 스트레스 장애예요."

대치 중인 전선에서 참호에 있는 군인들은 대개 대규모 폭격을 경험했다.

언제 끝날지 모르고 언제든 자신이 죽어도 이상하지 않은 상황, 이 상황에서 살아남은 군인들은 주변에 무수히 죽어나가는 동료들을 보고 깊은 자괴감을 가지며 자존감을 상실한다. 그리고 계속해서 고문과 같은 상황을 겪으며 이상한 발작을 일으키기 시작했다.

처음 발병했던 사람들을 보고 '전장에 가서 싸우기 싫으니 이러한 행동을 고의로 한다.'라고 오해했으나 곧 그것이 아님을 깨달았고 연구에 연구를 거듭해 외상 후 스트레스 장애라는 병명을 붙였다.

"아!"

이은은 언젠가 신문 기사를 읽고 대수롭지 않게 넘겼던 것이 기억이 났다.

사내와 간호사가 병동으로 들어갔고 그 모습을 지켜보던 한인들의 입이 뒤늦게 열렸다.

"지랄병 아니야?"

"맞는 것 같아."

"그럼 우리도 저럴 수 있다는 거 아니야?"

"그러게. 괜히 참전했나?"

이은의 존재를 인식하고 있기에 큰 소리로 떠들지는 못했지만 크게 개의치 않고 의견 교환하느라 바빴다.

마음이 심란한 이은은 자신의 막사로 돌아가려 발걸음을 떼려던 찰나, 익숙한 얼굴이 다가오는 것을 느꼈다.

영국군 장교 복장을 하고 있는 사내는 이은에게 다가가 팔을 들어 뺨을 때렸다.

찰싹.

"네가 여기 왜 있는 것이냐!"

그는 불같이 화를 내며 물었다.

돌발적인 상황에 주변의 모든 시선이 집중되었다.

"폐, 폐……읍."

"조용히 따라오거라."

사내가 순간적으로 막았던 입에서 손을 떼자 이은은 고개를 끄덕였다.

멀지 않은 인적이 드문 곳으로 자리를 옮기자 순종이 다시 물었다.

"네가 여기에 왜 있는지 답을 해 보거라!"

질문을 들었지만 이은은 변해 버린 순종의 모습이 먼저 눈에 들어왔다.

"폐하, 도대체 눈은 어찌 된 것입니까?"

"알 것 없다. 넌 여기에 왜 있는 것이냐?"

"후우…… 그러니까……."

말하기 전 크게 심호흡을 한 이은은 미국에 들어갔을 때부터 시작해서 지금까지 이야기를 가감 없이 들려주었다.

이야기를 듣는 순종의 표정은 시시각각 변했다. 그리고 미국이 광복을 약속했다는 소식을 들었을 때는 눈물을 뚝뚝 흘렸다.

"아!"

눈물이 한쪽 눈에서만 흘렀다.

"놀랄 것 없다."

"어찌 된 것입니까?"

"나중에 기회가 되면 이야기하도록 하자."

"가족들은 잘 지내느냐?"

"사모궁에서 잘 지내고 있습니다."

"막내는?"

"벌써 많이 자랐습니다."

"……."

두 사람은 말을 잇지 못했다. 하지만 눈빛은 많은 말을 하고 있었다.

5월 7일, 루마니아의 부프테아에서 루마니아와 독일, 오스트리아-헝가리 제국, 불가리아, 오스만 제국 간에 조약이 맺어졌다. 그것은 바로 루마니아가 동맹군에 항복을 한 데

따른 강화조약이었다. 하지만 정작 루마니아의 왕인 페르디난드 1세는 조약에 참가하지도 않았고, 서명하지도 않았다.

주요 내용은 아래와 같다.

루마니아는 남부 도브루자(카드릴라테르)와 북도브루자를 불가리아에 할양하고 그 외에 다른 지역은 동맹국의 관리 아래에 둔다.

카르파티아 산맥의 통로를 오스트리아-헝가리 제국의 관리하에 둔다.

루마니아는 90년간 독일에게 유전을 빌려준다.

동맹국은 루마니아의 베사라비아 합병을 인정한다.

이 조약으로 루마니아는 동맹국에 유일하게 항복한 나라가 되었다.

부쿠레슈티조약이 알려지면서 협상국들은 반발하며 동맹국들을 비난했다.

이즘 나온, 프랑스 측이 그린 부쿠레슈티 강화조약 포스터에는 독일 황제 빌헬름 2세가 루마니아라고 하는 여성에게 칼을 들이대고 있었고 러시아라고 하는 남자는 그녀가 평화조약을 맺는 동안 빌헬름 2세에게 흉부가 짓밟혀져 있는 것으로 묘사되어 있었다.

전쟁이 이렇게 진행되는 동안 미국은 끊임없이 증원에 증원을 하여 10만이었던 군대는 4백만까지 늘었고 많은 군수물자를 보내 대대적으로 반격할 준비를 하고 있었다.

독일의 루덴도르프 장군은 플랑드르 지방을 공격해 벨기에군을 완전히 괴멸시키고 보급을 위한 항만 시설을 무력화시키는 것만이 전쟁을 승리로 이끌 수 있는 길이라 생각하고 있었다.

독일 총사령부는 북쪽의 플랑드르 지방의 벨기에군과 영국군에 대한 대규모 공세를 시작하기 전에 연합군 병력을 남쪽으로 집중시키고 플랑드르 지역으로의 지원을 예방하기 위해 마른 지역의 프랑스군에 우선적으로 견제 공세를 취하기로 마음먹었다.

작전 계획에 따라 7월 23일 무드라Mudra와 아이넴Einem 장군이 지휘하는 독일 1군과 3군 예하의 사단들은 프랑스 제1군을 라임Reims 지역 쪽으로 공격하기 시작했다.

그동안 뵘Boehm 예하의 독일 제7군의 17개 사단은 에반이 지휘하는 새로 편성된 제9군의 지원을 받으며 프랑스 제6군을 서쪽에서 공격했다.

작전대로 프랑스군을 분열시키기 위해 노력했지만 새롭게 도착한 미군 8만 5천 명과 영국 원정군이 빠르게 합류했다.

미국 4사단(아이보리 사단)은 마른 지역에서 독일군의 공세를 막아 냈고 독일군이 노리던 플랑드르 북쪽 지역의 연합군은 꿈쩍도 하지 않았다. 결국 독일의 동쪽 지역 공격은 실패했다.

그러나 서쪽 지역의 독일군의 공격은 어느 정도 성공을 거

두었는데, 프랑스 1군을 격파하고 마른 지역을 돌파했다.

독일의 뵘 장군은 6개 사단과 함께 적진 깊이 공격 교두보를 만드는 데 성공했다. 하지만 미트리Mitry 장군이 이끄는 프랑스 제9군과 미국, 영국은 이탈리아의 지원을 받으며 7월 17일 이 공격을 성공에서 실패로 만들어 버렸다.

독일군이 공세에 실패하고 있는 동안 연합군 최고사령관인 포슈 장군은 즉각 대반격을 명령했고, 이에 프랑스군 24개 사단과 협상국은 탱크 350대를 동원해서 18일 반격을 시작했다.

포슈의 계획은 프랑스군 1군과 6군 사이에 갇힌, 교두보를 마련한 독일군의 섬멸이었고 그 계획은 성공했다. 공격의 중심에선 프랑스 제10군과 6군은 빠른 속도로 전선을 돌파했고 그사이 프랑스 제5군과 9군도 서쪽에서 공격을 개시했다.

7월 20일 독일군은 후퇴를 명령했다. 거센 반격에 독일군은 후퇴를 계속할 수밖에 없었다. 그렇게 도착한 곳은 대공세 이전의 전선이었다.

결국 독일군은 대공세 이전에 만들어 두었던 안전하고 강력한 참호에 다다른 후에야 후퇴를 멈출 수 있었다.

원점으로 다다른 전선, 다시 지루한 참호전이 시작되었다.

대대적으로 선전했던 독일의 위대한 공격이 실패하게 되었고 독일의 국내 상황은 최악에서 극악으로 치달아 가고 있었다. 보급표를 가지고 있어도 하루 먹을 수 있는 식량을 구

할 수 없었고 아사자들이 속출했다. 여기에 더해 스페인 독
감까지 유행하면서 전선에서 사망하는 숫자보다 질병과 굶
주림에 죽는 사람들이 더 많을 지경이었다.

이런 상황에 맞물려 독일에 사회주의자들이 득세하기 시
작했다. 총체적 난국, 군대에 보급도 힘들어지면서 더 이상
전쟁을 수행할 수 없는 지경이 되고 있었다.

대찬은 그사이 책을 집필해 드디어 그 막바지에 도달했다.

사무실에는 펜이 움직이는 소리만 들리고 얼마 지나지 않
아 책의 마지막 점을 찍을 수 있었다.

"아, 힘들다!"

최근 몇 달간 집필하는 일에만 집중하고 있었는데, 드디어
결실을 보게 되었다.

이 책에 왜 사회주의가 성공할 수 없는지를 구구절절 설명
하여 풀어 났다. 특히 레닌주의의 기본인 과학적 사회주의
같은 경우 계급을 나누어서 맡은 일을 하게 되는 것이었는
데, 이게 얼마나 독재의 위험이 있는지를 설명했다. 똑같이
생산해서 똑같이 나눌 경우 전체적으로 생산량이 어떠한 이
유로 감소할 것인지, 또 사회주의가 불순한 목적에 의해 얼
마나 변질되기 쉬운지를 포함해서 여러 가지를 요목조목 따
져서 반박하거나 실현 불가능하고 그저 이상에 불과하다는
것을 역설했다.

그리고 사회주의를 다른 방향으로 이용해야 한다고 설명

했는데, 프롤레타리아혁명을 반란으로 규정했다. 혁명이 아니더라도 사회에 편입하여 정당하게 활동할 수 있는 정치집단을 만들어 사회주의가 주장하는 이상적인 사회를 추구하며 기존의 정치체제에 합류해 대화와 협의를 통해 조화를 이뤄야 한다고 주장했다.

마지막으로는 지금과 같이 공산주의 체제로 갈 경우 머지않아 붕괴할 것이고 자칫 위험한 독재자를 만날 경우 이상한 방향으로 심각하게 변질될 것이라고 예언했다.

'백두 혈통이 그 이상한 방향의 사회주의의 대표주자지.'

회귀 전 모 프로그램을 보면 북한은 이해하려 아무리 노력해 봐도 도저히 이해할 수 없는 국가였다.

"이만하면 됐나?"

대찬은 자신이 직접 집필한 원고를 내려다보았다.

"제목은 뭐로 해야 하나?"

제목을 두고 고민하다가 대찬은 자신의 상황이 생각났다.

'이미 미래에서 겪었으니, 이 책의 내용은 현실이잖아?'

펜을 들어 제목을 적었다.

"현실주의."

만족스럽게 보고는 덕원에게 원고를 넘겨 출판을 지시했다.

"초판은 1만 부를 만들고 사회주의를 지지하는 사람들에게 무료로 나누어 줘요."

아메리칸
드림

대찬은 한인들이 사회주의가 주는 환상에서 벗어나길 바랐다.

'김씨 일가를 또 만들 수는 없잖아?'

스스로의 물음에 격하게 공감하며 고개를 끄덕였다.

대찬이 펴낸 책 '현실주의'가 주는 반향은 대단했다. 특히 1만 부를 만들어서 사회주의자들에게 무료로 배포했는데, 책의 내용을 두고 갑론을박하며 토론에 토론을 거쳤다. 그리고 이러한 일이 일어날 가능성이 충분하다고 결론이 모아지기 시작했다. 결국 새로운 사회주의 분파가 생기기 시작했는데, 수정적 사회주의가 새롭게 대세로 떠올랐다.

반면 대찬을 부르주아에 사회주의의 주적으로 분류했던 과격파 사회주의자들은 헛소리로 치부하며 애써 대찬이 쓴 책을 외면했다.

이들이 부정하는 가장 큰 이유는 무산계급이 아니기에 그들의 실상을 모르면서 부르주아의 잣대로 모든 것을 설명하려 한다는 것이었다. 그리고 책의 내용처럼 그러한 일들이 일어날 수도 있지만 모든 것은 가정이기 때문에 제대로 된 신념을 가진 사회주의자들이 있다면 절대 일어나지 않을 것이라 호언장담했다. 그리고 대외적으로 선포했다.

ㅡ사회주의의 이름으로 가장 먼저 타도해야 될 대상은 대

표적으로 강대찬이다.

아이러니하게도 서양에서 파생된 이념이었지만 정작 백인 과격파 사회주의자들은 사태 추이를 보고 움직여도 늦지 않다 생각하고 관망하는 자세를 취했다. 반면 한인 과격파 사회주의자들이 오히려 나서서 대찬을 처단해야 한다고 외치며 선전했다.

"내가 움직이면 오히려 반작용이 일어나네?"

이쯤 되니 황당할 지경이었다.

"부르주아니까 내 마음대로 지껄였다고?"

대찬은 이 대목이 가장 마음에 들지 않았다. 애초에 대찬의 집안이 어마어마한 부잣집이라면 하와이에 올 일이 없었을 것이고, 가장 큰 비밀인 회귀가 없었다면 지금과 같은 부는 언감생심 꿈에도 꿀 수 없었을 것이다.

'저들은 알까, 우리 민족이 얼마나 이 시대에 비참했는지?'

자신의 존재로 인해 역사가 많이 달라졌기에 사회주의자들은 배가 불러 투정 부리는 돼지 같았다.

"아! 속 쓰려."

이런저런 생각으로 진하게 속이 아파 왔다.

차츰 책이 소문이 나기 시작했고 잔잔하던 반응에서 어느 순간 폭발적인 판매 부수를 기록하기 시작했다. 그만큼 책을 읽는 사람이 늘어나면서 대찬의 사무실에는 연일 방문자가 끊이지 않았다. 기존 사회주의 이념을 반박하는 내용에 대해 더 깊게 알고 싶고 이야기하고 싶은 사람들은 더 알고 싶은 갈증을 느꼈다. 그 답답함을 풀기 위해 하나둘씩 대찬을 찾아오기 시작했던 것이다.

곧 사무실 근처는 몸살을 앓기 시작했다. 이 같은 반응은 전혀 생각하지 못했던 결과였다.

"우리는 대화를 원합니다."

사람들은 피켓까지 만들어서 원하는 것을 알렸는데, 이들은 대찬의 호텔 앞에서 침묵으로 시위했다.

매일 창밖을 볼 때마다 사람의 수는 줄어들지 않고 늘어나고만 있었다.

"큰일이네."

대화를 하기 전까지는 절대 물러설 기미가 보이지 않았다.

"경호원들이 싫어할 텐데……."

암살과 테러 위협이 어느 때보다 심했기에 섣불리 자리를 만들 수도 없었다.

"덕원 씨."

"네."

"대학교에 연락해서 협조를 부탁하세요."

상황을 이해하고 있던 덕원은 빠르게 눈치를 챘다.

"그것만 준비하면 되겠습니까?"

질문은 덕원이 했지만 대찬의 대답은 경호를 해 주는 사람에게 향했다.

"저분들에게 면담장에 와도 몸수색을 허락하는 사람만 입장이 가능하다고 공지해 주고요."

가장 신경 쓰이는 것은 저들 중에 과격파가 숨어서 테러를 자행하는 것이었다. 경호원이 배치될 것이었지만 불특정 인원이 불시에 돌발 상황을 만들어 낸다면 완벽하게 막아 낼 수 없을 것이다. 그러한 상황을 대비하기 위해서는 몸수색은 필수였다.

"마지막으로 면담장의 모든 출입구를 통제하고 제가 도착하기 전에 꼼꼼하게 수색해 주세요."

지시대로 일사불란하게 움직이기 시작했다.

"이럴 계획은 눈곱만치도 없었는데."

어떻게든 한인들을 과격파 사회주의에서 계도하고 계몽하겠다고 만들었던 책이 엉뚱하게도 사회적으로 태풍의 눈이 되어 가고 있었다.

"잘할 수 있으려나?"

오늘 있을 면담이 굉장히 중요한 걸, 이번 일을 계기로 뭔가 변화가 생길 걸 본능적으로 느끼고 있었다. 그래서 대찬은 걱정이 많이 됐다.

애써 걱정을 털어 내고 창밖을 보니 이미 사람들은 이동했는지 보이지 않았다.

시간이 치나고 준비가 되었다는 소식을 받은 존은 대학교로 이동했다.

몇 대의 차량을 이용해 면담장으로 지정된 강당의 쪽문을
통해 입장하자 동시에 수많은 눈동자가 대찬을 향해 고정되
었다.

대찬은 천천히 단상으로 향했고 마이크 앞에 섰다.

"안녕하세요. 반갑습니다, 존 D. 강입니다."

짝짝짝.

회장은 박수로 가득 찼다. 이윽고 어느 정도 진정이 되자
대찬은 다시 입을 열었다.

"여기 계신 분들은 아마 책을 읽으신 것 같으니 질의응답
의 형식으로 진행하도록 하겠습니다. 질문이 있으신 분?"

말이 떨어지기가 무섭게 손을 드는 사람이 많았다.

"네, 두 번째 줄, 갈색 옷 입으신 남성분."

사내는 벌떡 일어났다.

"뉴욕에서 온 네이트라고 합니다. 존 씨는 사회주의를 어
떻게 생각하십니까?"

간단하면서 복잡한 질문이었다.

"좋은 이념이라고 생각합니다. 물론 이 대답을 듣길 원하
신 것은 아니겠지요? 제 생각을 듣기를 원하시는 겁니까, 아
니면 제가 쓴 책을 바탕으로 대답을 듣길 원하시는 겁니까?"

사내는 고민하지 않았다.

"둘 다 듣고 싶습니다."

"답변이 길 것 같군요."

대찬은 준비되어 있는 물을 한 모금 마셨다. 긴장 때문인지 입안이 바싹 말랐기 때문이었다.

"먼저 제 생각을 말씀드리자면, 사회주의가 있기 때문에 무산계급이 정당한 대우를 받을 수 있게 발전할 거라고 믿습니다. 하지만 한편으로는 거기까지가 사회주의가 해야 되는 역할이며, 그걸로 끝내야 한다고 생각합니다. 이유는 실현하지 못할 것을 확신하기 때문입니다. 그리고 책을 바탕으로 이야기한다면, 사회주의는 궁극적으로 자유보다는 평등이 우선시되는 이념입니다. 하지만 기존의 사회주의는 자신의 소유는 있으나 세상과 관련된 것은 소유할 수가 없지요. 즉, 건물을 짓고 소유할 수 있고 이 건물을 거래할 수는 있으나 건물이 자리하고 있는 땅은 소유할 수 없고 거래도 불가능하지요. 이게 가능한 이유는 자신이 일한 만큼 가져갈 수 있다는 기본적인 평등에서 시작했기 때문이죠. 열심히 살면 많이 소유할 수 있고, 일하지 않는다면 가질 수 없다. 하지만 최근 러시아에서 일어난 프롤레타리아혁명으로 새롭게 탄생한 공산주의는 모든 것을 정부로 귀속시키고 모든 것을 묶어 하나부터 열까지 통제하며 똑같이 나누어 가지는 것이 궁극적인 목표입니다. 자, 여러분들 중에서 누구는 굉장히 열심히 일했고, 또 다른 누구는 적당히 일했고, 또 다른 누구는 거의 일을 하지 않았습니다. 그런데 배분은 똑같습니다. 여러분은 과연 열심히 일을 하시겠습니까? 어차피 가져가는 몫은 똑같습니다. 기회의 평등도 없는 것이 이번에 새롭게 정립된 공산주의입니다. 사람의 신분을 나누어서 계급층을 만들고 주어진 역할이 정해져 있다면, 중세 귀족 사회와 무엇이 다른지 묻고 싶군요. 결국 여러분은 직업 선택의 자유도 없습니다. 또 평등을 기본으로 삼는 사회주의 이념에서 아주 아이러니하게도 피라미드가 만들어질 것입니다. 그럼 가장 꼭대기에 있는 지도자가 생긴다는 이야기인데, 그렇다면 지도자의 변질은 무슨 수로 막을 수가 있습니까? 이념은 좋으나 국가를 운영하기에는 공상에 불과하죠. 오히려 정치적으로 세력을 형성해서 기존의 정치 이념들과 대화와 협력, 조율과 조화를 만들어 가는 것이 훨씬 도움이 될 것입니다."

말이 끝나기 무섭게 다른 사람이 손을 들었다.

"하지만 모든 것은 존 씨의 예상일 뿐이지 않습니까? 너무 비관적인 것 아닙니까?"

대찬이 익히 예상했던 질문이었다.

"오히려 묻고 싶군요. 너무 낙관적인 것 아닙니까? 우리가 지금 살고 있는 미국의 피라미드 정점에는 현재 우드로 윌슨 대통령께서 계십니다. 그리고 임기가 끝나면 다음 대통령을 뽑기 위해 선거를 하지요. 그런데 러시아에서 지도자가 정해진다면, 이 사람의 임기는 얼마나 될까요?"

회장이 싸늘해졌다.

"누구도 알 수 없습니다. 현재 레닌은 프롤레타리아의 독재가 지속되어야 한다고 주장한다지요?"

이때 누군가 나서서 외쳤다.

"존 씨의 말에는 어폐가 있습니다. 사회주의는 기본적으로 무산계급을 중심으로 운영되는 민주주의가 기본 원칙입니다."

사회주의의 기본적인 내용에는 민주주의 역시 포함되어 있었다.

"맞습니다. 기존의 사회주의 이념에는 민주주의가 밑바탕에 깔려 있지요. 그러니 재미있는 것 아니겠습니까? 아까도 말씀드렸다시피 공산주의는 모든 것을 통제합니다. 인간에게 가장 중요한 의, 식, 주, 주어지는 옷만 입을 수 있고 배급받은 음식만 먹을 수 있으며, 지정해 주는 집에서 거주해야 합니다. 선택할 수 있는 것이 없습니다. 그런데 민주주의적 사고와 행동을 허용하겠습니까? 저는 공산주의가 민주주의를 실행할 것이라는 게 더 어폐가 있다는 생각이 드는군요."

회장 여기저기서 웅성대며 사람들이 동요하기 시작했다.

"여기에 우리가 짚고 넘어가지 않은 것이 있습니다. 다 좋습니다. 미래가 어떻게 될지도 모르고 모든 게 다 저의 억측이라고 다 무시하셔도 좋습니다. 저는 여러분에게 딱 한 가지만 묻고 싶습니다. 모든 것을 배급하는데, 어느 한 사람도 소외되지 않고 아주 공평하게 배급할 수 있을까요?"

"가능합니다."

"어떤 방법으로 하실 건가요? 그 배경을 미국으로 설정하지요."

대답한 사람은 자신만만하게 답했다.

"식량을 예로 들어 모든 것을 한곳에 모아 사람 수에 맞춰 일괄적으로 분출하면 될 것 같습니다."

"좋습니다. 그렇다면 그사이에 사망하거나 새로 태어난 신생아들은 어떻게 할 것입니까?"

"그건……."

"뭐 사소하니 넘어가도록 하지요. 기존에는 돈으로 가장 가까운 곳에서 선택하여 식량을 구할 수 있었는데, 이는 판매자와 구매자가 가까운 거리이기 때문에 운송료가 적게 들기 때문입니다. 그런데 방금 제시하신 방법은 한곳으로 모으는 운송료가 발생하고 분출하는 과정에서도 운송료가 발생합니다. 이에 대한 대책은 있습니까?"

사내는 답을 하지 못했다.

"현재 여러분이 살고 있는 환경은 인간이 발전하면서 가장 효율적으로 변한 것이고, 앞으로 더 효율적으로 변할 것입니다. 그런데 배급을 위해 시대를 역행해야 할까요? 그리고 방금 전 사소하다고 말하고 넘어간 것이 공산주의 이념대로라면, 사소하게 넘어갈 수 있는 일일까요? 또 배급 과정 중에 부정이 일어날 확률은 얼마나 될까요?"

꿀 먹은 벙어리. 누구 하나 제대로 된 반박을 하지 못했다.

"차라리 돈에 얽매이는 것이 나을지도 모릅니다. 개인의 욕심을 더해서 기업의 욕심, 개인은 돈을 벌기 위해서 부정을 저지를 수 없을 것이고 기업은 돈을 벌어야 하기 때문에 개인을 감시하지요."

"그렇다면 자본주의가 사회주의보다 더 좋은 이념이라는 말입니까?"

"절대 아닙니다! 자본주의 역시 문제가 많지요."

"자세히 듣고 싶습니다."

"자본주의는 승리자가 모든 것을 차지하는 독식 체제입니다. 그리고 그 매개체는 돈이지요. 돈이 많은 사람은 계속해서 부유할 것이고, 가난한 사람은 어쩌면 평생 가난하게 살아야 될지도 모릅니다. 말인즉슨 기회의 평등이 없다는 것이고 부가 세습된다는 겁니다. 아마 여러분은 평생 일을 해도 제가 가진 부의 단 1퍼센트도 쫓아오지 못할 가능성이 큽니다."

"이것도 아니다. 저것도 아니다. 그럼 우리는 어떻게 살아야 합니까?"

"책에 이렇게 적었습니다. 국가를 전복시켜 사회주의화시키는 게 정답이 아니니 부의 재분배를 만들어 내고 평등하게 기회를 만들어 낼 수 있게 정치에 참여해라. 그렇게 정당한 권리를 만들어 내고 사회의 순기능 역할을 하라고요."

회장의 분위기는 순식간에 달아올랐다.

"그것을 알고 있으면서 존 씨는 아무것도 하지 않은 것입니까?"

"아닙니다. 한 달 기준으로 3천만 달러를 기부하고 있습니다."

여기저기서 탄성이 터져 나왔다.

'한인들을 위해서 기부하는 금액이 대부분이지만, 기부는 사실이니.'

속으로 뜨끔했지만 기부는 맞으니 자세한 설명은 하지 않았다.

'오늘은 참 희대에 사기꾼이 된 것 같네.'

사회주의의 변질에 대해서 알고 있었기에 확신하고 있었지만, 그래도 이야기하는 내내 왠지 모를 미안한 마음이 있었다.

"혹시 자본주의에 대해서도 책을 쓰실 생각이십니까?"

'헉!'

생각해 본 적이 없었기에 당황스러웠다.

"글쎄요. 아직까지 계획은 없습니다."

"현재 나온 책으로는 제대로 된 판단을 내릴 수 없을 것 같습니다. 그러니 자본주의에 대해서도 글을 써 주셨으면 합니다.”

“고민해 보겠습니다.”

여유가 생겨 덕원을 바라보니 시계를 꺼내 보였다. 시간이
너무 많이 지났다는 덕원의 표시였다.

“면담은 여기까지만 해야겠습니다.”

대찬은 정중하게 인사를 하고 회장을 빠져나왔다.

‘아이고! 두 번은 못 하겠다.’

평생 느낄 위기의식을 이번에 다 느낀 것 같았고 무척이나
피곤했다.

정치

　면담을 한 후부터 사회주의의 새로운 계파의 대표 주자로 대찬이 떠오르기 시작했는데, 대찬은 이로 인해 골머리를 앓을 수밖에 없었다. 매일 만나겠다고 찾아오는 사람들을 감당할 수 없었던 것이다.

　"어휴."

　덕원은 절로 한숨이 나왔다. 대찬의 비서로 일을 시작한 이후 꾸준히 바쁘게 지냈지만 요즘같이 바쁜 적은 한 번도 없었다. 더군다나 면담 이후 조금의 쉬는 시간도 주지 않고 꾸준히 이어지는 부하 직원들의 보고에 정신이 없었다. 겨우 정리하고 자신의 자리를 돌아와서 책상을 보자 처리하지 못한 일이 산더미처럼 쌓여 있었다.

"으!"

지금 당장 눈앞에 있는 서류를 집어 던지고 개운하게 사표 던진 뒤 일을 그만두고 싶었다. 하지만 부푼 꿈을 가지고 처음 입사했을 때의 목표를 상기하며 애써 위안을 삼아 스스로를 위로하고 일에 집중했다.

"덕원 씨."

대찬의 부름.

따르릉.

때마침 전화도 왔다.

"이 실장님!"

부하 직원도 덕원을 찾았다.

하지만 부하 직원은 덕원의 뒷모습을 보고 자연스럽게 뒷걸음질 쳤다. 부르르 떨고 있는 덕원의 뒤태에 보이지 않는 불이 나고 있었다.

한편.

"덕원 씨."

부름에 응답이 없자 다시 한 번 불렀더니 그제야 덕원이 사무실로 들어왔다.

"부르셨습니까?"

"부탁한 서류 준비됐나요?"

"죄송합니다, 아직."

"빨리 좀 부탁해요."

아메리칸
드림

"네."

대찬은 성큼성큼 걸어 나가는 덕원의 뒷모습에서 왠지 모를 살기가 느껴지는 것만 같았다.

"뭐지? 서늘하고 싸한 이 느낌은?"

창밖을 보니 해가 쨍쨍하게 떠 있는 것이 화창하고 따뜻한 날씨였다.

책을 펴낸 이후 또 하나 달리진 점은 정치계 인사들이 만남을 제의하는 일이 많아진 것이었다.

"사장님, 민주당 ……의원이 저녁 식사를 같이했으면 한다고 합니다."

"……씨가 만남을 요청했습니다."

"공화당……."

다 만날 수가 없기에 선택해서 만나야만 했는데, 대찬에겐 이것도 상당히 피곤한 일이었다. 만나고 난 다음에는 마치 현자라도 만난 것처럼 정책적으로 도움을 청했기 때문이었다.

그런데 대찬은 이러한 것들을 답하기 곤란하기만 했다. 기업들의 총수에 한인들을 대표하는 위치에 있었기 때문에 혹여나 다른 오해를 사지 않을까 걱정스러웠던 것이다.

'책을 낸 것이 조금 후회가 되네.'

생각지도 못했던 것들이 조금씩 꼬리에 꼬리를 물어 예상하지 못했던 상황으로 발전하는 것이 부담스러웠다.

한편 현실주의는 미국을 떠나 프랑스에 당도하게 되었다. 한창 이슈 몰이를 하고 있었기에 우편으로 보내진 것이 처음이었다. 하지만 정작 책을 받은 사람은 책을 읽어 보지도 못하고 전선에서 허무하게 전사하였고, 갈 곳을 잃은 책은 이탈리아의 진영까지 흘러 들어갔다.

　"이게 뭐야?"

　처음 보는 책은 현실주의라고 적혀 있었다. 특히 주의라는 말에 어떠한 끌림을 느꼈다.

　촤락.

　첫 장을 넘기자 사회주의 내용이 나왔다.

　"오!"

　그는 아버지의 영향으로 사회주의와 공화제를 지지하는 청년이었다.

　다시 한 장을 넘기자 표정이 심각하게 변했다.

　책을 처음 편 순간부터 집중하여 책이 끝이 날 때까지 손에서 놓지 않았다.

　"세상에! 맙소사!"

　사내는 몇 가지 부분은 마음에 들지 않았지만 자신과 비슷한 생각을 하고 있는 사람이 있다는 것에 놀랐다.

　"책의 저자가?"

　책을 덮고 저자의 이름을 찾기 시작했다.

　"존 D. 강?"

강이라는 성씨는 처음 보았기에 혼란스러웠다. 아무리 생각해도 강이라는 성씨가 어느 나라의 성인지 알 수 없었기 때문이었다. 다시 책을 꼼꼼히 뒤적여 보자 미국의 한 출판사의 이름이 있었다.

"편지를 보내야겠어."

거침없이 자신의 생각을 적었다.

시간이 흘러 편지는 출판사에 도착했고, 출판사에 도착한 편지는 다시 대찬의 사무실로 배달되었다.

덕원은 화가 극도로 났다.

"뭐가 이렇게 많아?"

적지 않은 양이었다.

"어휴, 내 팔자야."

잠시 푸념을 하고 부하 직원들과 함께 편지를 정리하기 시작했다. 정리된 편지를 보자 정작 대찬이 읽어야 하는 편지는 한두 통에 불과했다.

"멀리서 온 편지는 사장님께 보내 드려야 하니까 챙기고……."

차곡차곡 정리해서 대찬에게 가져가기 위해 최종 점검을 했다.

똑똑.

"들어오세요."

대찬은 여전히 수많은 서류와 씨름 중이었다.

"사장님, 오늘 온 편지입니다."

"거기 두세요."

"네."

한참을 집중해서 일을 하자 겨우 끝을 볼 수 있었다.

"에구……."

자리에서 일어나 간단한 체조로 몸을 풀자, 한편에 잔뜩 쌓여 있는 편지가 눈에 들어왔다.

"뭐가 이렇게 많이 왔나."

편지를 뒤적이다 한 장을 무작위로 꺼내 보낸 사람을 읽었다.

Benito Andrea Amilcare Mussolini.

"베니토 안드레아 아밀카레 무솔리니. 이름 한번 기네."

생각 없이 편지를 열다 이상한 느낌이 들었다.

"무솔리니? 그 무솔리니? 내가 생각하는 무솔리니가 맞나?"

이탈리아의 독재자.

긴가민가했지만 확률이 적지 않을 것이라 생각했다.

뜻밖의 편지에 깜짝 놀랐고 내용이 궁금하여 편지 봉투를 열어 읽기 시작했다.

이탈리아군에 있는 무솔리니라고 합니다.

우연한 기회로 당신이 저술한 책을 읽을 수 있었습니다. 무척 흥미롭게 읽었으며 당신의 의견에 동의하는 것도 있었고 동의할 수 없는 내용도 있었습니다. 그래서 몇 가지 질문을 하려고 합니다. ……중략…… 나는 편지를 쓰고 있는 이 순간에도 당신이 답장이 기대되고 흥분됩니다. 꼭 답장을 해 주었으면 합니다.

편지의 내용 중에 대찬의 글에 찬성하는 부분은 사회주의가 실패했다는 것이었고, 반대하는 부분은 독재에 관한 부분이었다. 무솔리니의 주장은 지도자가 생기면 강력한 권한을 주어 좋지 않은 상황을 타개할 수 있어야 한다고 주장했다.

"허, 그 사람 맞는 것 같은데?"

대찬은 고민이 시작되었다. 할 말은 많이 있었지만 편지를 읽어 보니 이미 무솔리니의 생각이 확고하게 느껴졌다.

'가장 큰 문제는 이 무솔리니가 2차 대전 동맹국의 일원이라는 거지.'

2차 대전이 일어나면 절대 대찬은 동맹국과 사이가 좋을 수가 없었고, 그런 일이 생길 조금의 확률조차도 없었다.

'역사가 뒤틀리는 것도 문제야.'

결국 대찬은 답장 쓰기를 포기했다.

전쟁은 막바지로 치닫고 있었다. 독일 내에서는 전세가 불리해짐을 직감한 시민들이 자발적으로 반전시위에 나서기 시작했다.

외치는 것은 단 하나.

"전쟁을 끝내자!"

이런 국민들의 반전시위와는 다르게 독일군 수뇌부는 전쟁을 포기하지 않아 분위기가 싸늘하기 그지없었다.

1918년 11월 3일.

킬 군항의 수병들이 독일 제국 해군 지휘부의 전투 계획에 반대하여 반란을 일으켰고, 이것이 불씨가 되어 시민들이 여기에 합류했다.

이를 시작으로 곧바로 독일 북부에서 서부 및 남부 지역 전역으로 확대되었으며, 11월 9일에는 수도 베를린까지 퍼져 가 혁명이 일어났다.

혁명에 의해 빌헬름 2세는 독일 제국 황제의 자리에서 퇴위하게 되었다. 왕권신수설 신봉자였던 빌헬름 2세는 끝까지 스스로 퇴위하지 않고 버티다가 퇴위의 순간 프로이센의 국왕으로만 재위하겠다고 협상을 제의했다. 하나 이 역시 받아들여지지 않았다. 결국 빌헬름 2세는 퇴위 선언 후 네덜란드로 망명하였다.

이미 독일을 제외한 동맹국들은 협상국에 항복을 선언한 상태였다. 마지막까지 버티던 독일이 혁명에 의해 빌헬름 2

세가 퇴위하고 이틀이 지난 11월 11일 항복을 선언했다. 곧 휴전이 되었고 1차 대전은 종결되었다.

대찬은 신문을 덮었다.

"이제 정치가 시작되겠네."

첨예하게 대립하며 자국의 이익을 위해 세 치 혀로 하는 전쟁이 날 것이다.

"흠…… 이제는 사상 전쟁의 시댄가?"

이제부터는 사회주의의 프롤레타리아혁명에 어떻게 대처하느냐에 따라서 각 국가의 희비가 결정될 것이다.

"걱정이네."

책을 한 권 써 내면서 대찬의 걱정은 굉장히 늘어났다.

"선구자적 역할을 하면 대부분 좋지 않게 끝나던데…….'

처음부터 일본 때문에 암살 위협이 있었던 것이, 지금은 암살 위협이 대폭 늘어난 상태였다. 한편으로는 대찬을 따르는 사람들도 생겼지만, 그가 원했던 것은 아니었다.

"자칫 잘못하면 사회주의자로 낙인찍힐 수도 있고."

현실주의는 사회주의의 프롤레타리아혁명을 반란으로 규정했기 때문에 과격파 사회주의자들에게 시달리고 있었고, 사회주의 관련된 책을 저술했기 때문에 미국 정부가 사회주의자라고 오해할 수도 있었다.

"진짜 자본주의 관련된 책을 써야 하나?"

대찬에게 솔직히 익숙한 것은 자본주의와 민주주의다.

'내가 경험했던 전의 삶이 자유민주주의가 맞는지는 의문이지만.'

툭하면 음모론에 의혹이 가득했지만, 몇 가지만 고쳐진다면 좋을 것 같다는 생각을 했었다.

'진짜 나, 대찬식 자본주의를 한번 써 볼까?'

갖은 오해를 불식시키기 위해서라도 무언가 행동을 해야 할 때이긴 했다.

"이왕 이렇게 된 거, 일단 자료 수집부터 하자."

사상 전쟁에서 살아남을 준비를 해야만 했다.

♣

시간이 지나 사할린에 있는 대한민국임시정부에도 전쟁이 끝났다는 소식이 전해졌다.

"이번에 파리에서 강화회의가 열린다고 합니다."

"그것이 사실이오?"

"그렇습니다. 그러니 우리도 파리에 대표단을 파견해야 합니다."

고개를 끄덕이며 찬성하는 부류가 있는 반면에 다른 생각을 하는 사람도 있었다.

"이미 광복에 대해서는 협의가 끝난 것으로 알고 있소이다. 굳이 대표단을 파견할 필요가 있겠습니까?"

"협의만 되어 있지 정확한 날짜가 없지 않습니까? 그러니 이번 기회에 대표단을 보내 날짜를 확답받을 필요도 있고, 하루라도 빨리 광복을 이루어 내야 되지 않겠습니까?"

대부분 김규식의 말에 동감했다.

"맞습니다. 한반도의 처참한 꼴을 두고 볼 것이 아니라 하루라도 빨리 광복을 해야 합니다."

"그렇지만 우리들끼리 가면 열강들이 상대나 해 주겠습니까?"

"아니, 그건 또 무슨 말입니까?"

"금산을 보며 느낀 점이 많습니다."

"무엇을 말입니까?"

"만약 금산이 지금과 같은 업적을 이루어 내지 못했다면, 과연 미국이라는 나라가 우리를 상대라도 해 주었을까요?"

이상설은 전에 고종의 특사로 헤이그에 파견되었다가 문전박대를 당한 사실을 뼛속 깊이 새기고 있었다.

"아니, 왜 상대를 안 해 줍니까?"

김규식을 펄쩍 뛰었다.

"우사, 그들의 눈에 우리가 어떻게 보일 것 같습니까?"

"그게 무슨 말입니까?"

"열강들 회의에 대뜸 대한민국임시정부의 대표로 왔다고 한다면 어떻게 될 것 같습니까?"

"외국 사절이 아닙니까? 당연히 외교의 일부이니 사절로서 맞이하지 않겠습니까?"

이상설은 크게 한숨을 쉬었다.

"가는 것은 말리지 않겠으나, 마주친 현실을 보면 죽고 싶을 것입니다. 이미 그렇게 고혼이 되신 분도 있습니다."

김규식 역시 미국에서 공부를 했기에 현실감각이 떨어지는 이는 아니었다. 하지만 눈앞에 광복이 보인다고 여겨 깊이 생각하지 못한 것이다. 그러다 이상설의 말에 정신을 차릴 수 있었다.

"나라도 없고, 있다 한들 잘 알지도 못하는 소국의 말을 들어나 줄지 모르겠습니다."

"끄응……."

삽시간에 분위기는 찬물을 끼얹은 것처럼 차분해졌다.

"그래도 시도는 해 봅시다. 국제사회의 경험은 해 봐야 되지 않겠습니까?"

"좋습니다. 그리하지요."

임시정부에서는 파리로 보낼 대표단을 꾸리기 시작했다. 대표는 김규식으로 하고 외국어를 잘하는 인사들을 뽑았다.

♣

항구에서는 한창 실랑이가 이어지고 있었다.

"나는 한인이오!"

연신 중국어로 한인임을 주장하는 일단의 무리들이 있었다.

　미국은 한인들을 제외하고는 아시아계 사람들의 이민을 받지 않았는데, 밀입국하는 사람들이 있기는 했지만 숫자가 많지는 않았다. 그런데 최근 아시아계 사람들이 한인이라고 외치며 이민 오기 시작한 것이다.

　미국에 입국하면 대찬이 뱃삯을 대신해서 지불했고 얼마 지나지 않아 안정적으로 자리 잡는다. 게다가 영어를 할 줄 알게 되면 시민권까지 나오는 것이 소문이 나자 알게 모르게 점점 늘어나던 타민족 이주민들, 특히 중국인들이 많이 넘어오기 시작했다.

　이에 한인들도 정부와 함께 대책을 마련해서 대응하기 시작했는데, 한인이 아닐 경우 불법이었기에 추방하는 것으로 대응하고 있었다.

　그런데 이제는 그러기도 애매한 상황이 되었다.

　"어떻게 당신들이 한인입니까?"

　"중국에서 오랜 시간 동안 살았기 때문에 민족 언어를 잃어버리기는 했습니다. 하지만 우리는 한인이 맞습니다."

　"증거가 있습니까?"

　"물론입니다."

　사내는 가방을 뒤져 무언가를 찾았고 이내 책자를 꺼냈다.

　"이게 증거입니다."

범씨족보范氏族譜라고 쓰인 책을 증거라고 내밀었다.

"이게 뭡니까?"

"우리 집안의 족보입니다."

족보를 펼쳐 맨 앞장에 쓰인 이름을 가리켰다.

"이 이름 보이십니까?"

"범창范昌이군요."

"맞습니다. 우리 집안분이십니다. 고구려 동명성왕의 셋째 아들 온조溫祚가 위례성慰禮城에 도읍을 정하고 백제를 개국할 때 마려馬藜, 전섭全攝, 을음乙音, 해루解婁, 흘우紇于, 오간烏干, 한세기韓世奇, 곽충郭忠, 범창范昌, 조성趙成이 공功을 세워 십제공신十濟功臣에 임명되었는데, 그중 한 분이십니다."

그러고는 자신의 이름이 있는 곳을 펼쳐 보여 주며 자신이 한인임을 주장했다.

이런 식으로 잊히거나 한반도에서 사라진 성씨가 미국에 대거 출현하기 시작했고, 점점 감당할 수 없는 선까지 커져 가자 대찬에게 보고가 올라왔다.

"헉, 진짜 이런 성씨도 있어요?"

맞은편에는 매튜가 앉아 있었는데, 그는 언젠가부터 한국통, 아시아통으로 불리며 아시아 역사, 문화의 1인자가 되었다. 그렇기에 객관적인 판단을 내릴 수 있을 거라 생각하고 대찬이 부른 것이다.

아메리칸
드림

"사실입니다. 수집한 백제의 역사를 보면 범창이라는 인물이 실존했음을 확인할 수 있었습니다."

"그럼 그 외에 성씨들은……?"

"귀실鬼室씨도 백제의 역사에 있었으며 그와 비슷한 시기에 낙諾씨 역시 존재했음을 확인했습니다. 흑치黑齒, 해解, 사택沙宅, 목木 역시 확인되었습니다. 그 외에도 여러 가지 백제 성씨가 있음을 확인했습니다. 고구려는 부정負鼎, 낙絡, 을乙 등이 있었고, 그 외에도 먀乜, 왁遷, 퉁卵, 흔昕, 소軍, 아牙, 열烈, 영호슈狐 등등 많은 성씨가 확인되었습니다."

"그럼 이 모든 성씨가 한꺼번에 미국으로 들어왔다고요?"

대찬은 이민 담당자에게 물었다.

"그렇습니다. 최근에는 모두 증거를 들고 와서 어떻게 대처해야 할지 갈피를 못 잡고 있습니다."

"족보 말고 다른 증거도 있나요?"

"역사서와 함께 선대가 물려준 가보 등등 많은 것을 증거라고 내밀고 있습니다."

이 말을 듣고 가장 눈을 빛내는 것은 매튜였다.

"제가 나서서 확인해 보겠습니다."

"괜찮겠어요?"

프랭크는 대찬에게 배운 그대로 매튜에게 총장 자리를 넘겨 버리고 마치 역마살 있는 사람처럼 사방을 떠돌이처럼 돌아다녔다.

"하하, 프랭크와는 다르게 저는 서류에 특화된 사람이니 걱정하지 않으셔도 됩니다."

"좋아요. 지원해 드릴 게 있나요?"

"지금도 충분히 많은 지원을 해 주시고 계시니 괜찮습니다."

"알겠어요. 그럼 박사님이 한인으로 판정을 내려 주시는 사람에 한해서 한인으로 인정하도록 하지요. 그럼 되겠지요?"

대찬의 대답에 이민 담당자는 안절부절못했다.

"왜 그래요?"

"사실……."

"뭔데요?"

"입국하려는 사람이 많아서…… 캠프가 비좁고 비용이 필요합니다."

"아! 걱정하지 마세요. 처리해 드리지요."

"감사합니다."

대책 회의가 끝나자 담당자는 고민이 해결되었고 매튜는 새롭게 연구할 게 생겨 신이 나서 돌아갔다.

"미국에서 한인의 위치가 높아지니까 이런 일이 생기는 거겠지?"

뿌듯한 마음이 들었다.

사실 지금 자신들이 한인이라고 외치며 한인 사회에 편입

되길 원하는 사람들이 거짓말을 하며 족보를 위장해서 들어온 사람들이든 혹은 진짜 혈통에 따라 한인이라고 주장하든 중요하지 않았다.

"중요한 것은 자신들 스스로 한인이라고 외치는 것, 그것이 가장 중요하지."

스스로의 의지로 한인이라고 주장하는 것이 중요했다. 그만큼 인구수가 늘어나는 것도 굉장히 고무적이었고, 한인임을 증명하기 위해 다른 문화권의 색을 벗기 위해 스스로 노력할 것이다. 더군다나 많은 족보와 역사서, 보물 들을 증거로 내밀고 있었다.

"한인들은 이민 초기에 일부러 자식들에게 영어만 쓰게 강요했으니."

철저하게 미국인으로 살길 바라며 한글을 가르치지도 않았다. 그런 것이 지금은 오히려 돌아갈 것을 대비하여 한국어를 꼭 해야 된다며 가르치는 풍토로 변한 지 오래였다.

'그리고 중국인으로 살길 바란다면 미국을 떠나야 할 거야.'

백인과 흑인들마저 한국어와 문화를 무상 급식, 무료교육 덕에 집요하게 가르치고 있는 마당에 중국인의 문화를 지키겠다고 고집부리기는 어려울 것이다. 특히 자신들이 한인이라고 주장하고 있는 이상, 세대가 거듭 될수록 뼛속까지 한인이 될 것이다.

전쟁이 끝나고 귀국하는 군인들의 숫자는 처음에는 4백만 명이나 되었으나 약 32만 명의 인명 피해를 입었다. 물론 이는 타국에 비해 훨씬 적은 숫자였다.

이들은 동부 항구를 통해 복귀했는데, 승전 행진을 한 후에는 온통 축제 분위기였다.

살아 돌아와 주어서 감사했고, 살아서 돌아온 것에 감사했다.

그렇게 속속 돌아왔지만 모두가 다 전쟁이 끝난 것을 기뻐하는 것은 아니었다. 전쟁으로 장애가 생긴 사람들은 크게 부각되지 않고 소외되기 시작한 것이다. 그렇다고 정부에서 보상금을 넉넉히 준 것도 아니었다. 그저 소리 소문 없이 사라지고 있었다.

한인들 역시 전쟁이 끝나고 모두 다 서부로 돌아왔는데, 처음에 5만으로 시작해 10만 명까지 참전했던 것이 사상자만 5천 명이 넘었다.

샌프란시스코에서는 대대적으로 시가행진을 했지만, 그 안에 역시 장애를 가지게 된 사람들은 알게 모르게 외면받았다.

"이런!"

시가행진을 가만 지켜보던 대찬은 거기에서 이상함을 느꼈다.

"덕원 씨!"

"네."

"장애를 가지게 된 사람들은 다 어디 있어요? 왜 저 시가행진에 그런 사람들이 한 명도 보이지 않는 거예요?"

"당장 알아보겠습니다."

덕원은 대찬의 기분을 짐작했는지 급하게 움직였다.

잠깐 대찬이 다른 생각을 할 때 덕원이 들어왔다.

"알아봤어요?"

"네, 현재 심하게 다치거나 장애를 가진 사람들은 자신들의 집에서 쉬고 있다고 합니다."

"허!"

우려했던 일이었다.

"호텔 연회장 통째로 빌리고 그분들 다 모셔요!"

국가를 위해 참전했고 자신을 희생해서 남은 인생을 평생 장애를 가진 채로 살아야 되는 사람들이었다. 가장 큰 기쁨을 누릴 자격이 있고, 위로받고 보상받을 자격이 있는 사람들이었다.

거동이 불편한 사람이 많아 동원할 수 있는 차량을 모두 보내 호텔 연회장으로 모았고, 가장 성대한 승전 잔치를 열었다.

대찬이 연회장으로 들어가자 시끌벅적한 것이 즐거운 분위기를 만들었지만, 밑바닥 깊이 가라앉은 슬픔을 진하게 느낄 수 있었다.

대찬은 단상으로 올라가 마이크 앞에 섰다.

"모두 잔을 들어 주세요."

참전 용사들은 술이 담긴 자신의 잔을 높이 들었다.

"살아 돌아와 주어서 감사합니다. 여러분의 희생에 깊은 감사 인사를 드립니다. 그리고 여러분들의 미래를 위해! 건배!"

"미래를 위해!"

모두가 술을 마셨다.

대찬은 다시 마이크에 입을 열었다.

"미래를 위해 건배를 제의하니 떨떠름해 보이시는 분들이 계시네요. 제가 그렇게 건배를 제의한 것은 이유가 있습니다. 여러분들도 살아야 되지 않겠습니까?"

"우리에게 살길을 만들어 준다는 말입니까?"

"맞습니다. 오늘 이 자리를 만든 것은, 여러분들의 살길을 만들기 위해서입니다."

"어떻게 만들어 주실 겁니까?"

"먼저 정부 보상금과는 별개로 제가 보상금을 더 드릴 것입니다. 그리고 하고 싶은 일이나 사업을 하시겠다면, 단 한 번에 한해서 지원해 드리겠습니다. 마지막으로 지금 살고 계신 집이 불편하실 겁니다. 그래서 살기 편하도록 집을 새로 지어 드리겠습니다."

순간의 정적.

"와아아아!"

곧 함성 소리로 깨졌다.

앞으로 살아가는 것에 대한 걱정이 가장 컸던 이들이었다.

"그리고 당부 드리고 싶은 말이 있습니다. 절대 기죽지 말고 당당하게 미래를 개척하며 살길 바랍니다."

짝짝짝.

박수 소리와 함께 대찬은 연회장에서 퇴장했다.

"잔치가 끝나면 저분들 모셨던 때와 마찬가지로 차량 동원해서 모셔다 드려요."

"알겠습니다."

대찬은 신나는 음악 소리를 뒤로하고 연회장을 떠났다.

다음 날 대찬이 했던 모든 일들은 기사화되어 미국 전역에 알려지게 되었다. 그러자 전화와 편지가 빗발치는 상황이 되었고 대찬의 비서실은 정신이 없었다.

'이거 일이 너무 커졌는데?'

당연한 일이라고 생각했던 것들이 사회적으로는 엄청난 반향을 일으킨 것이다.

'돈도 돈이지만…….'

대찬은 최근 여러 가지 일들로 자신이 너무 부각되는 것에 압박감을 느끼고 있었다.

대찬은 전화를 들었다.

─손녀사위의 명성이 여기까지 쉴 새 없이 들리는구먼.

"하, 하. 그래요?"

—그래 무슨 도움이 필요한 겐가?

"일이 저 혼자 감당하기에는 덩치가 너무 커져 버렸어요."

—책이? 아니면 퇴역 군인들?

"둘 다 힘들기는 하지만, 지금은 후자가 감당하기 힘드네요."

—어떻게 해 주길 바라나?

"동참해 주셨으면 해요."

—지금도 하고 있네만.

"대대적으로요."

존은 사회에 기부를 많이 하고 있었다. 하지만 지금까지 쌓아 온 악명 때문인지 기부하는 것이 크게 부각되지 않았었다.

—군수사업으로 많이 벌었으니 많이 풀어야겠지?

"네, 사람들이 잊지 않을 거예요."

—그럼 자네와 나만 이번 일을 하나?

"제가 아는 분들 다 전화 돌리려고요."

—자네 혼자 독차지할 수 있는 것을 왜 굳이 나누려 하나?

"체할까 봐 겁나네요."

—좋아, 그럼 나도 여기저기 부추겨 보지.

"감사합니다."

—별말을 다 하는구먼. 그럼 다음에 또 통화하세.

아메리칸
드림

존과 전화를 끝내고 대찬은 자신이 아는 재벌들에게 일일이 전화를 돌렸다. 그리고 많은 수의 사람들에게 기부금을 약속받았다. 그렇게 크리스마스 이틀 전에 대대적으로 퇴역 군인들을 지원하는 재단이 만들어졌다.

전미재향군인지원회.

회의 역할은 장애를 입거나 사망한 군인들에게 보상금을 지원해 주고, 살길을 마련해 주고, 집을 새로 지어 주는 것이었다. 또 참전한 군인들에게 소정의 보상금을 지급했으며 제대로 된 사업 기획서를 가지고 온다면, 창업할 수 있는 기회를 제공했다. 그러자 회에 참여한 사람들은 순간적으로 4백만 참전 용사들과 그의 가족들에게 지지를 받았다.

니콜라이 2세는 야쿠츠크에 자리 잡고 왕당파를 모으기 시작했다. 이에 추종자들이 소식을 듣고 속속 합류하기 시작했는데, 생각보다 숫자가 많지 않았다. 주로 러시아 제국 당시 고위 계층들이 대부분이었기 때문이었다. 그래서 병력이 부족했는데, 이 빈자리를 용병으로 채웠다.

비싼 돈을 들여 용병을 고용해 부족한 병력을 채우기는 했지만, 정작 야쿠츠크에 도착하자 용병들은 제 몫을 해내지 못했다.

극한의 추위.

어느 정도 추위에 적응한 구르카 용병들은 애먹기는 했지만 이내 적응했다. 하나 다른 지역, 특히 따뜻한 기후의 지역에서 데려온 용병들은 쓸모가 없을 정도로 추위에 적응하지 못했다. 그나마 다행인 것은 러시아의 넓은 영토에서 아직 제대로 전투를 치르지 않았다는 점이었다.

그러던 와중에 전쟁이 끝이 났고 엄청난 숫자의 퇴역 군인이 발생하자 니콜라이 측은 병력 수급에 문제가 없게 되었다.

"서진을 준비하라!"

페트로그라드에 다시 입성하기 위해 차곡차곡 준비하기 시작했고 그러던 중 이바노프가 한 가지 건의를 했다.

"폐하, 이번에 열리는 강화회의에 대표단을 보내야 되지 않겠습니까?"

"그건 무슨 소린가?"

"우리 러시아 제국은 아직 동맹국과 전쟁 중입니다."

"아!"

러시아에 새로 만들어진 임시정부니, 소비에트니 하는 것은 러시아 제국이 있는 이상 반란군에서 벗어나지 않았다.

"누구를 보내야 되겠나?"

"제가 다녀오겠습니다."

"하지만…… 아니, 아니야. 자네가 다녀오게."

니콜라이는 가장 지근거리에 있었으며 자신의 생각을 가장 잘 알고 있는 이바노프를 보내는 것이 자신의 뜻을 국제 사회에 보일 수 있는 좋은 기회라 여겼다.

"그럼 오늘은 이만 쉬고 싶네."

"알겠습니다."

이바노프가 떠나고 니콜라이는 한숨을 푹 내쉬었다.

"폐하."

옆에서 대기하고 있는 시종이 재촉했다.

"앞장서거라."

"어느 분께 가시겠습니까?"

"율리아."

그 후로는 말이 없이 두 사람의 발소리만 들렸다.

하나뿐인 아들을 잃은 뒤 자신의 후계를 위해 아들을 생산해야만 했다.

'지치는군.'

마음 같아서는 장녀에게 황위를 물려주고 자신은 다시 러시아 제국을 되찾기 위해 노력하고 싶었다. 하지만 귀족들의 반대가 거셌다. 그래서 어쩔 수 없이 마음에도 없는 행위를 해야만 했다.

"휴."

니콜라이의 입에서는 한숨만 나왔다.

미국에서 한인이 가장 많은 곳을 꼽으라면 하와이, 샌프란시스코 그리고 새한양을 말할 수 있다. 그중에서도 새한양은 가장 한인이 많은 곳이었다.

"와!"

휘황찬란한 깃발을 들고 경복궁을 향해 행진하고 있는 사내들을 보면서 사람들은 감탄하고 있었다.

사내들 주변으로는 백인들이 빼곡히 서서 구경하기 여념이 없었다.

위엄 있는 풍악이 울리고 전통 방식 그대로 수문 교대 의식이 진행되었다. 절도 있는 모습에 사람들은 관람하느라 여념이 없었다.

"음……."

백인들 사이에서 이질적인 인물이 하나 있었다. 그는 연신 고개를 끄덕이며 흡족함을 표현했다.

교대 의식이 끝나자 사내는 정처 없이 새한양을 거닐었다.

"좋군."

사람들 표정도 밝았다. 그는 사람들이 잘 지내는 모습을 눈에 새길 듯 자세히 쳐다보고 다녔다.

한참을 관찰하듯이 새한양을 돌던 사내는 숙소로 돌아갔다.

"어딜 그렇게 돌아다닌 거예요?"

뾰족한 아내의 음성.

사내는 그저 웃으면서 답했다.

"신기한 것이 너무 많아서 그랬어요. 미안해요."

"여행까지 와서 이게 뭐예요!"

"하하, 내일은 꼭 같이 관광해요."

"흥."

새침하게 토라진 아내를 다독이고 사내는 한구석에 놔둔 가방에서 종이 뭉치를 꺼내 무언가를 적었다.

며칠 뒤 미국에는 책이 한 권 출판되었다.

저자 J. J. R 톨킨. 제목 황제.

책은 출판과 동시에 큰 바람을 일으키며 화제가 되었다.

"주인공이 누굽니까?"

누구든지 톨킨을 만나면 첫 질문은 항상 똑같았다.

그럴 때마다.

"자세한 것은 본인이 원하지 않으니 답할 수 없습니다."

정확한 정보를 제공하지 않자 수많은 소문을 생산하며 주인공을 찾기 위해 혈안이 되었다.

반면 책을 접한 한인들은 단박에 알아차릴 수 있었다. 책은 황제의 삶에 대해서 자세하게 설명되어 있었고, 최근의 행방까지 나타내었다.

"황제께서 살아 계신다!"

고국을 그리워하는 보수층은 이 사실에 대해서 환호했고 자발적으로 모금 행사를 진행하며 독립을 외치기 시작했다.

한인들은 중류층을 넘어 상류층을 바라보고 있었고 그 어느 때보다 자신감이 넘쳤다. 하나 시류를 읽는 자들은 반대 의견을 내었다. 그들은 때가 아니다. 제국주의가 무너지지 않는 이상 독립의 조건이 이루어지지 않는다. 기회가 생길 때까지 참고 역량을 길러야 한다고 응수하며 아직은 참을 것을 주장했다.

이를 보고 받은 대찬은 고개를 끄덕였다.

"그 외에 다른 사항은?"

"사장님 평판이 그 어느 때 보다 좋습니다. 다만……."

"다만?"

"사장님이 사회주의자가 아닌지 우려하는 목소리도 함께 나오고 있습니다."

익히 예상하고 있었다.

"하지만 옹호하는 사람들이 더 많아 큰 문제가 되지 않을 것 같습니다."

"그래도 이렇게 직접적으로 보고하는 걸 보니까 생각보다 크게 회자되고 있나 보네요?"

"네, 아무래도 사장님을 모르는 사람이 있는 게 이상할 정도니 이야깃거리가 되는 것 같습니다."

대찬은 피식 웃음이 났다. 격세지감이 느껴진 것이다.

'어떻게든 이름을 알리려고 여기저기 들쑤시고 다녔는데, 지금은 나를 모르는 사람이 이상한 거라니.'

현재는 한인이라고 하면 미국인들은 좋은 이미지를 먼저 떠올렸다.

부유하고 예의 바르며 탁월한 능력을 보이는 민족.

회귀 전과는 완전히 다른 평가였다.

반면에 부정적인 평가는 유태인보다 훨씬 더 돈을 밝히는 민족이라는 딱지였다. 그러나 이 평가에 대해서는 웃음만 나왔다.

'미국에 오기 전에는 거의 대부분이 빈민 수준에 가까웠다고 하면 믿으려나?'

한인들은 소위 말하는 아메리칸드림을 몸소 실천하고 있었다. 이는 먼저 자리 잡고 지원해 주는 대찬의 역할도 한몫했음을 부정할 수 없었다.

"뭐, 좋아요. 더 이상 없나요?"

"마지막으로 이번에 창당된 노동당에서 당수로 사장님을 추대하고 싶다고 합니다."

"네?"

대찬은 자신도 모르게 되물었다.

"캘리포니아 주를 중심으로 노동당이 창당된 것은 저번에 보고드렸으니 알고 계실 겁니다. 그런데 이번에 당수를 정하는 회의에서 사장님이 거론되었고, 강력하게 당수로 추대하자는 분위기라고 합니다."

"헉, 말도 안 돼요! 당장 막아요!"

당혹스러운 마음에 허둥지둥하고 있는데, 이번에 비서실에 새로 온 상영이 들어왔다.

"사장님, 손님 오셨습니다."

"누굽니까?"

덕원이 상영을 쳐다보며 누구냐고 대신 물었다.

"노동당에서 왔습니다."

대찬의 얼굴이 잔뜩 찌푸려졌다.

"어떻게 할까요?"

"어휴, 모시세요."

잠시 후 몇 사람이 대찬의 사무실로 들어왔다.

대찬은 방문자들과 하나씩 인사를 건네고 마지막 사람과 인사를 했다.

"윌리엄입니다."

"어라!"

"하하, 저를 기억하고 계십니까?"

"기억하고말고요!"

언젠가 대찬에게 기회의 평등을 제공해 주어서 감사하다는 인사를 건넸던 사내였다.

"영광입니다. 짧은 만남을 기억해 주시다니요."

"그때의 기억이 상당히 인상적이었습니다. 다시 만나게

될 줄 생각도 못 했었습니다."

"저 역시 마찬가지입니다."

윌리엄과 간단히 해후를 나누고 모두 자리에 앉아 본격적으로 대화를 나누기 시작했다.

노동당에서 나온 사람들은 딱 한 가지를 대찬에게 원했다.

"당수 자리를 맡아 주십시오."

짧은 시간은 아니었지만 항상 이야기의 끝은 똑같았다.

"우리 당의 이념은 사회주의를 기본적으로 하고 있지만, 여기에 현실주의를 더한 수정적 사회주의 정치 이념을 가지고 있습니다. 그러니 현실주의 사상의 대표인 존 씨가 당수 자리를 맡아 주셨으면 합니다."

"죄송합니다. 저는 나이도 어리고 능력도 부족한 것 같습니다."

대찬은 완곡하게 거절을 표현했다.

실상은 '나는 공산주의가 싫어요!'라고 말했던 이승복 어린이처럼 '나는 사회주의가 싫어요.'라고 단도직입적으로 말하고 싶었지만, 말을 함부로 할 수는 없었다. 그저 부드럽게 상황 모면에 최선을 다해야만 했다.

"그래도……."

"차라리 여기 계신 윌리엄 씨가 당수를 맡는 것이 어떨까요?"

재빠르게 말을 돌려 윌리엄을 당수로 추천했다.

"네? 저 말입니까?"

"맞아요. 이전에 윌리엄 씨와 가진 인연으로 현실주의를 쓸 수 있었습니다. 그리고 윌리엄 씨가 그날 저에게 보여 주고 느끼게 해 준 용기와 대담함 그리고 포용력에 대해서 감탄했습니다. 그러니 윌리엄 씨가 적임자라는 생각이 들어요."

"확실히……."

"윌리엄 씨라면……."

절대 대찬이 당수를 맡지 않을 것이라는 점을 느꼈는지 윌리엄을 추천했을 때 동요를 보임과 동시에 당수에 그를 추대하는 것에 거부감이 없었다.

'통하는구나! 그런데 윌리엄 씨가 확실히 능력이 있나 보네.'

진지하게 고민하는 반응으로 보아 확실히 리더십이 있는 사람인 것 같았다.

대찬은 지금의 분위기를 깨지 않기 위해 슬쩍 대화에서 빠졌다. 그러자 방문자들끼리 윌리엄을 당수로서 거론되기 시작했고 꽤나 긍정적인 분위기였다.

"여러분, 저 말고 존 씨에게 집중해 주세요."

이때 윌리엄이 분위기를 망쳐 놨다.

'이런!'

대찬은 자신의 사무실이기 때문에 자리에서 벗어나지 못

아메리칸
드림

했다는 사실이 살짝 짜증이 났다.

"아니요. 아무리 몇 번이고 생각을 다시 해 보고 또 해 봐도 역시 저는 당수 자리에 어울리지 않는 것 같습니다."

"그렇군요."

윌리엄을 제외한 나머지 사람들은 고개를 끄덕였다. 대찬을 아무리 설득해도 절대 당수를 하지 않을 것이라는 걸 깨달은 것이다.

"그렇다면 역시 존 씨가 추천한 윌리엄 씨가 당수가 되는 게 좋을 것 같습니다."

"저 역시 동감입니다."

"좋습니다."

대안으로 떠오른 윌리엄을 일치단결하며 당수로 추대하자는 의견이 대세가 되었다. 대찬이 윌리엄을 슬쩍 보자 두 사람의 눈이 마주쳤는데, 윌리엄은 상당히 아쉬워하고 있었다.

'뭐, 뭐야, 저 입맛 다시는 거.'

무언가 위기감을 주는 것이 섬뜩하게 느껴졌다.

"자, 그럼 존 씨의 시간 그만 뺏고 이만 가시지요."

떠나자는 분위기가 만들어지자 하나둘씩 자리에 일어나 대찬과 작별 인사를 나누었다.

"아쉽습니다."

"네?"

윌리엄은 대찬 가까이에 붙어 귓속말을 건넸다.

"저는 존 씨를 대통령으로 만들어 보고 싶었거든요."

"헉!"

"저는 당신이 보여 줄 미래가 너무나 기대됩니다."

난데없는 소리에 화들짝 놀랐다.

은밀한 말이 끝나자 두 사람의 얼굴이 떨어졌다.

"하하, 그럼 다음에 또 뵈었으면 합니다."

능청스럽게 웃고 작별인사를 하지만 대찬의 웃음은 웃는 것이 아니었다.

"하, 하. 네."

노동당의 사람들이 떠나고 대찬은 지쳐서 소파에 털썩 주저앉았다.

"대통령이라니……."

광복 후에 한국의 대통령을 꿈꿔 본 적은 있지만 미국의 대통령을 생각해 본 적은 없었다.

'도대체 누가 나에게 투표를 해 주겠어?'

그런데 윌리엄은 대찬이 대통령이 될 수 있을 것이라 확신하고 있는 것 같았다.

'저의를 알 수 없으니 더 무섭네.'

대찬은 큰일에 휘말리지 않기만 바랐다.

'나의 가장 큰 목적은 회귀 전 역사를 되풀이하지 않는 것이지 지금과 같은 상황을 원한 것은 아니었는데…… 내가 무언가 할수록 큰일이 벌어지는 것 같아 솔직히 무섭다.'

조금씩 예상하지도 못했던 방향으로 일이 일어나기 시작했다.

'제발! 감당할 수 있는 선에서만!'

대찬은 조금씩 다가오는 미래가 걱정되었다.

나홋카

　전쟁에 대한 전후 처리 관계로 1월 18일 프랑스 외부무에
서 전승국의 대표들이 한자리에 모였다. 그리고 강화 회의가
진행되었다.

　그런데 회의장에 소란이 벌어지고 있었다. 전승국을 모두
세면 27개국이었는데, 러시아 대표가 둘이나 참여한 것이다.

　"니콜라이 2세 황제께서 살아 계시고 러시아 제국은 엄연
히 존재하고 있습니다. 그러니 반란군인 소비에트 러시아
는 반란을 일으킨 괴뢰정부입니다. 러시아 제국에서는 이
를 인정할 수 없고 전승국으로서의 권리는 러시아 제국에
있습니다."

　이바노프의 발언에 소비에트 러시아의 대표는 얼굴이 시

뻘게졌다.

"반란? 니콜라이 2세는 퇴위를 했고 새롭게 러시아에 정부가 세워졌습니다. 우리는 새로운 러시아이고 당신들은 이미 없어진 러시아 욕망의 잔재입니다. 우리야말로 니콜라이 2세의 러시아를 인정할 수 없습니다."

한 치의 물러섬도 없이 팽팽하게 맞섰다.

이에 난감해진 것은 회의에 참가한 전승 국가들이었다.

탕탕.

"잠시 휴정하겠습니다."

갈피를 잡을 수 없는 혼란에 회의를 멈추기로 합의했다.

회의장을 나가는 대표들의 입은 굳게 닫혀 있었지만 서로 마주치는 눈빛들로 쉴 새 없이 대화가 오가고 있었다.

어느 방, 두 사람은 깊은 대화를 나누고 있었다.

"영국은 어느 러시아를 지지하십니까?"

"흠, 고민이 깊군요. 그런데……."

"경청하고 있습니다."

"며칠 전에 사건이 하나 있지 않았습니까?"

"사건이라 함은?"

"로자 룩셈부르크."

"아!"

독일은 전쟁에서 패배 선언을 한 이후 여전히 혼란스러운 상황을 이어 갔다. 그런 독일의 임시정부를 수립 위촉한 것은 사회민주당(SPD)의 지도자인 프리드리히 에베르트였다. 그가 독립사민당(USPD)에 내각에 참여할 것은 권유했고 이를 수락함으로써 공화국이 선포되었었다. 즉, 사회주의가 대세를 이룬 것이다.

이런 독일에도 대표적인 공산주의 신봉자가 있었는데, 로자 룩셈부르크였다.

당시 폴란드는 러시아 제국의 영토였는데, 폴란드 출신인 그녀는 독일적 부르주아 전통 속에서 성장했다. 그러다 고등학교를 졸업하던 해에 제정 러시아 정부의 반정부주의자 탄압에 분노하여 정치적으로 크게 선회하였고 유대 혁명 서클에 가담해 반정부 활동을 적극적으로 펼쳤다. 그것이 문제가 되어 결국 스위스로 망명, 취리히 대학 철학부에 입학했다. 그리고 다음 해 법학부로 학적을 옮겨 국민경제학과 공법학에 대해 공부했는데, 이때부터 마르크스주의자로서 길을 걷게 되었다.

러시아로 돌아갈 수 없어 둥지를 튼 곳이 독일이었고 1914년 2월에는 반군국주의 연설을 한 죄목으로 인해 독일 정부에 의해 1년 징역형을 선고받기도 했다.

징역이 끝나고 보호관찰 처분을 받았으나 정치 활동을 멈추지 않았다. 결국 개량주의적이고 관료적인 독일 사민당을 비판하며 급진 좌파 세력을 이끌다가 결성된 스파르타쿠스

단의 지도부에 참가하게 되었다.

1918년 12월 말 스파르타쿠스단에서 명칭을 바꾼 독일 공산당(KPD) 창립총회에서 연설을 행하기도 했다. 이들 대부분은 극좌 성향을 가졌었는데, 누구보다 프롤레타리아혁명을 원하는 자들이었고 1919년 1월 15일 혁명의 깃발을 들어 올렸다.

하지만 그녀의 지도 아래 수행된 혁명은 자유군단이라고 불리는 우익 의용군과 잔류 왕당파 군대에 의해 진압되어 실패했다.

이 사건이 각국에게 주는 충격은 컸는데, 프롤레타리아혁명이 바로 코앞에 있는 국가에서 일어나자 심각한 위험성을 느꼈던 것이다.

"그럼?"

영국 대표는 고개를 끄덕였다.

"아무래도 사회주의자들에게 동조할 필요는 없을 것 같습니다."

"그렇군요. 그럼 우리 프랑스 역시 동참하도록 하겠습니다."

"하하, 이만하면 러시아 문제는 정리가 된 것 같군요."

두 사람은 잔을 들어 건배를 했다.

사실 로자의 사회주의는 레닌의 사회주의와는 다른 분파였으나 똑같은 공산주의였고 혁명을 일으켰다는 점에서 전

아메리칸
드림

혀 다를 게 없어 보였다. 러시아가 둘이 된 상황에서 굳이 어느 한쪽 편을 들어 주어야 한다면, 그것은 공산주의가 아닌 쪽이 좋았다.

전승국의 가장 중심에 있는 영국과 프랑스의 결정이 다른 전승국들에게 알려지기 시작했고 이내 소비에트 러시아는 회의장에서 쫓겨나게 되었다.

"빠드득! 언젠가 이로 인해 정당한 대가를 치러야 할 것이오!"

이를 갈며 복수할 것을 외쳤지만 대부분 귀나 후비기 일쑤였고 러시아 제국을 환영하는 분위기로 바뀌었다.

탕탕!

"회의를 속행하도록 하겠습니다."

회의장은 27개국의 대표들로 인해 소란스럽기 그지없었다. 서로 각자의 입장을 주장하며 조금이라도 이득을 얻기 위해 노력했다.

중국은 서방 열강과 일본이 중국에서 강탈한 제 권익의 반환을 요구했고, 미국 대통령 우드로 윌슨은 민족자결주의 원칙을 강조하여 중국의 요구를 찬성, 지지함으로써 중국 국민에게 큰 기대를 주었다.

반면 산둥을 차지한 일본은 21개조 요구 가운데 산둥 문제에 관한 것과 돤치루이 정권이 1918년에 일본과 교환한 산둥 문제에 관한 공문을 근거로 산둥 문제는 중·일 간의 문제라고 주장했다.

문서상의 증거가 있는 데다 영국·프랑스 등의 연합국이 1918년의 중일협약을 지지해 주기로 일본과 약속한 상태였다. 중국은 승전국에 속했지만 그 사실이 무색하리만치 외면당했다.

한편 유태인들은 이미 과거부터 팔레스타인 땅을 합법적이든 비합법적이든 구매하고 영향력을 높이기 위해 노력하고 있었는데, 파리 강화회의가 열리기 전 시오니스트 단체의 총재인 바이츠만은 영국의 벨푸어 선언을 강조하며 팔레스타인으로 유태인의 이민을 강력하게 주장했다.

그는 매년 7만에서 8만 정도가 팔레스타인으로 이민 가는 것을 예상하고 있었는데, 유태인들이 대다수가 될 때 독립정부를 만들어서 영국이 영국 것이듯 팔레스타인은 유태인들의 것이 될 것이라고 말했다. 그러자 영국은 팔레스타인을 신탁통치의 방향으로 몰아갔다.

가장 위험한 상황에 놓인 것은 패전국인 오스만 제국이었다. 그들은 아나톨리아 반도 일부 영토만 남기고 공중분해될 위기에 처했다.

술탄 정부는 멍청하리만치 순응했고 회의에서 오스만 제국은 샨르우르파와 가지안텝, 마라쉬를 프랑스에 할양하기로, 이즈미르를 그리스의 위임하에 놓는 것을 허용했다.

아르메니아는 윌슨의 민족자결권에 의거해 동부 아나톨리

아 일부 아르메니아인 거주 지방에 대한 영유권을 주장했으며, 오스만 제국 내에 거주하던 그리스, 아르메니아계 주민들 또한 오스만 제국으로부터 떨어져 나가게 되었다. 이를 계기로 투르크 민족은 정체성을 확립할 수 있었고 하나로 묶어 무슬림의 이름으로 단결했다.

독일과의 강화로 소비에트 러시아는 서부 지역을 독일에 할양했다. 그리고 우드로 윌슨의 민족자결주의 주장으로 인해 폴란드를 비롯한 국가들이 독립을 하게 되었는데, 가장 큰 걸림돌이 되는 것이 우크라이나였다.

소비에트 러시아는 러시아 제국의 주장과 반공산주의로 인해 전승국의 자격을 박탈당했는데, 우크라이나는 독립을 선언한 후에 소비에트 러시아의 공작으로 다시 복귀했다.

이를 본 러시아 제국은 우크라이나의 독립을 강하게 주장했다. 러시아 제국은 소비에트 러시아의 턱밑에 비수를 두길 원했고, 민족자결주의를 주장한 미국의 지지를 얻을 수 있었다. 그렇게 반공산주의를 생각한 열강들의 동의를 얻어 우크라이나의 독립이 결정되었다.

당연히 소비에트 러시아는 반발했으나 러시아 제국도 버거운 판국에 다른 국가들이 참전하게 될 경우 패배가 확실했기 때문에 우크라이나가 다시 독립하는 광경을 손가락 빨며 구경할 수밖에 없었다.

회의장 밖 김규식 일행은 한숨만 내뱉고 있었다.

"어휴, 미리 예상은 했지만 막상 이 상황을 겪게 되니 마음이 편치 않습니다."

우드로 윌슨의 민족자결주의 원칙에 많은 기대를 한 상황이었다. 하지만 파리강화회의는 전쟁 종결과 전범국, 전후 처리를 논의하는 자리였다. 즉, 1차 세계 대전과 무관한 한국에 대해서는 관심 밖이었던 것이다.

이와 비슷한 경험을 하고 있는 사람이 있었는데, 베트남의 호치민이었다. 그는 '베트남인과 프랑스인을 법적으로 동등하게 대우할 것, 프랑스 의회에 베트남 대표가 참석할 수 있는 권리를 보장할 것' 등 8개 항으로 이루어진 베트남 인민의 요구서라는 청원서를 제출하였다. 그러나 임시정부의 대표단인 김규식 일행이 겪었던 것처럼 요구서는 받아들여지지 않았고, 호치민은 회담장 복도에서 쫓겨났다.

우연히 김규식과 호치민은 마주쳤는데, 두 사람은 타국에서 깊은 공감대를 형성할 수 있었다. 김규식은 애초에 많은 기대가 없이 파리에 왔기 때문에 주변을 살필 수 있는 여유가 있었고 우연히 눈에 들어 온 호치민과 인연을 맺게 된 것이다.

"규식 씨, 저는 미국에서 생활하던 중에 여러 한국인들과 교류한 적이 있습니다."

"오, 그렇습니까?"

"네, 그리고 깊은 감명을 받았지요."

아메리칸
드림

"무엇이 그리 감명 깊었을까요?"

"독립에 대한 의지, 그리고 강대찬이라는 인물이었습니다."

호치민은 견습 요리사를 하다가 미국에 몇 년간 정착해 생활했는데, 이때 다방면의 사람들을 만날 수 있었다. 그는 주로 밑바닥인 생활을 했었기에 사회 비판적인 시각을 가지게 되었었는데, 그러다 피부색에 대한 동질감으로 민족주의자들과 만날 기회가 있었다.

"모두가 한결같이 칭찬만 하더군요."

김규식은 이해가 되었다. 자신에게 대찬이 어떤 인물이냐고 묻는다면 칭찬 외에는 딱히 할 말이 없었다.

"그래서 무엇이 다를까 연구하고 고민해 보았지요."

"답을 구하셨습니까?"

호치민은 고개를 끄덕였다.

"우리 민족에 부족한 것은 독립을 위한 끝없는 투쟁심이고 그것을 뒷받침해 주는 자금 또한 부족하다는 것이었습니다."

그는 말을 잠시 끊고 가방에서 책을 꺼냈다.

"특히 이 책을 읽었을 때, 그 충격이 아직까지 남아 있습니다."

"왜?"

시선이 책으로 향했다.

"불공평하다고 느꼈습니다."

"무엇이 말입니까?"

"왜 우리 민족에는 강대찬과 같은 인물이 없는지요. 그리고 이 책은······."

숨을 크게 내쉬었다.

"내가 옳다고 믿었던 사상까지도 뿌리째 흔들리게 만들었습니다."

"그렇습니까?"

"네, 그리고 확실히 알았지요."

김규식은 다음에 무슨 말이 나올지 기대하며 호치민의 입을 주시했다.

"상황이 똑같지 않으니 나름의 길을 찾아야겠다고, 그래서 떠날 생각입니다."

"떠나다니요?"

"소비에트 러시아로 갈 것입니다. 강대찬이 말했던 기회의 평등을 나는 만들 수 없으니, 제대로 공산주의를 기반 삼아 기회의 평등을 만들 수 있는 방법을 배워 올 것입니다."

호치민은 결심이 선 듯 단호하게 자신의 뜻을 밝혔다. 그렇게 그는 본래의 역사와는 다르게 몇 년은 빨리 소비에트 러시아로 떠났다.

♠

같은 시각 조용한 밀실에는 세 사람이 이야기를 나누고 있었다.

"도움을 주시면 감사하겠습니다."

"어떤 도움을 말씀하시는지요?"

"어려운 것이 아닙니다. 그저 모른 척해 주시면 됩니다."

"모른 척해 달라?"

"네, 이번 기회에 쓰레기들을 정리하려 합니다."

"그것이……."

말끝을 흐리는 사내를 보고 동양인 사내는 음흉하게 미소
지으며 재빨리 답했다.

"대신 노획물을 전부 드리겠습니다."

"음……."

고민하는 듯 백인 사내 둘이 눈빛을 교환했다.

주도권을 쥐고 대화하던 사내가 아닌 옆에서 듣고만 있던
사내의 입이 열렸다.

"약속이 되어 있는지라 무리가 아닐까 싶습니다."

예상했다는 듯이 동양인 사내는 다시 입을 열었다.

"따로 사례할 용의도 있습니다."

"예를 들어?"

"1천만 달러면 되겠습니까?"

다시 사내 둘을 눈빛이 오갔고 고개가 끄덕여졌다.

"우리는 관계가 없습니다."

"하하, 저는 무슨 이야기를 하시는지 알 수가 없군요."

"하하, 그럼 이야기가 끝이 났군요."

백인 사내 둘은 자리에서 일어나 동양인 사내와 악수를 나누고 자리를 떠났다. 이윽고 동양인 사내가 입을 열었다.

"협상이 완료되었다고 소식을 전하세요."

"하!"

♦

술로 인해서 일어나는 폐해들을 막기 위해 여성 운동가들은 금주를 19세기부터 주장했다. 그러던 것이 1893년 금주동맹으로 본격화되었다. 금주를 강력하게 주장하던 여성 운동가 캐리네이션은 술집을 폐업시키기 위해 도끼를 들고 횡포를 부리다가 서른 번이나 체포되는 등 금주를 주장하는 가장 큰 운동가들은 여성들이었다.

그 결과 1917년 미국의 모든 주의 3분의 2가량은 금주법을 시행했다. 그러다 연방헌법에 볼스테드 법률안이 1917년 8월 1일에 제출되었고, 1919년 드디어 상원을 통과했다.

그러나 우드로 윌슨 대통령은 금주법을 규정한 볼스테드 법률안에 대해서 거부권을 행사했다.

"술을 마시고 일어나는 가정 폭력의 근절을 위해 금주법을 시행해야 한다!"

법안이 기각되자 금주동맹은 연일 시위를 하며 금주법 시행을 촉구했다.

대찬은 금주법 시대가 다가옴을 느끼고 있었다.

'이제 검은돈의 시대가 오는 건가?'

마음에 걸리기는 했지만 상상을 초월하는 시장을 쉽게 포기하고 싶은 생각은 없었다.

'자금 세탁을 위해 준비도 해 놓았으니.'

그렇지만 밀주를 만들어 불법적인 유통에 집중하는 것은 아니었다. 이미 주류 공장을 만들었고 의료용 판매를 수년 전부터 준비해 놨으니 문제 될 것은 없었다. 가격도 비싸고 그만큼 세금도 많이 내야 하지만, 표면적으로 걸리는 점이 있으면 안 됐다.

'정수……'

회귀 전 후임인 정수는 이렇게 말했었다.

-그 전에 무슨 일을 했든, 혹은 망했더라도 금주법 시대만 잘 타면 모든 것을 다 회복할 수 있습니다. 오히려 상상도 하지 못한 자금을 만들 수 있을 겁니다.

대찬 역시 전적으로 공감하고 있었다.

미국으로 이민 오는 사람들 대부분은 유럽 출신이었고 이들은 물 대신 맥주를 마시는 일이 흔했다. 그리고 일상생활에 절대 빠지지 않는 포도주, 진짜 술이라고 생각하며 마시는 위스키 등이 생활 속 깊숙이 자리 잡고 있었다.

'어찌 보면 금주법이 실패하는 것은 당연하지.'

대찬은 금주법이 성공하리라고 보는 금주동맹에 대해서 실소를 했다.

'이제 가지고 있는 곡물을 다 술로 바꿔 놔야겠어.'

전쟁 물자를 공급하기 위해 그동안 대형 농장을 많이 만들었다. 전쟁 특수로 많은 돈을 벌었지만 이제는 아니었다.

'술로 만든 다음 의료용 딱지를 붙여 놓은 재고를 최대한 확보해 놔야지.'

금주법이 시행되면 만들 수 있는 양을 정해 줄 것이다. 그 전에 물량을 확보해야 했다.

"그리고 이제 국제적으로 통관 세금이 어마어마하게 늘어날 테지."

수출로 인한 수입이 줄어들 것이니 내수 시장으로 버텨야 할 것이다.

대찬은 책상을 두들겼다.

"식량이 상당히 남아돌 거란 말이지?"

어차피 수출해 봐야 관세로 수익이 많이 나지 않을 것 같으니 앞으로 생산되는 식량으로 무엇을 할 수 있을지 고민했다. 하지만 해답을 찾지는 못해 일단 현재 가지고 있는 식량의 재고를 모두 술로 만들 것을 지시했다.

"네? 그 많은 양을 전부 다 말입니까?"

철영이 화들짝 놀라 되물었다.

"네, 전부 다 술로 만들어요."

"하지만 요즘 금주법 때문에……."

"알고 있어요. 그러니 유통은 하지 말고 창고를 만들어 보관해요."

무언가 납득할 수 없었지만 대찬을 믿고 있었기에 철영은 수긍했다.

"그렇게 하도록 하겠습니다."

두 사람이 한창 대화하는 중에 에릭이 뛰어 들어왔다.

"사장님!"

다급한 목소리, 에릭에게서 이런 모습은 흔하지 않았다.

"무슨 일이에요?"

"큰일 났습니다!"

"큰일?"

숨을 고르고 빠르게 말을 뱉었다.

"동부에 갔다가 일이 있어 캐나다에 들렀다가 왔는데, 거기서 이상한 소식을 들었습니다."

"뭔가요?"

"일본이 연해주와 사할린을 공격한다고 합니다."

"네? 불가능할 텐데요?"

"이미 일본이 영국과 캐나다를 삶아 놓은 것 같습니다."

쾅!

대찬은 책상을 내리쳤다.

"그럼 이미 공격받고 있다는 소리 아닙니까?"

"아마 그럴 것입니다."

연해주의 경계에서는 국지전처럼 항상 일본과 광복군의 소규모 전투가 이어지고 있었다. 계속해서 국내를 탈출하는 사람들을 지키기 위해서이기도 했지만, 게릴라 활동을 하기에 안성맞춤인 것도 한몫했다.

치고 빠지기.

대찬으로 인해 특수한 전투 교리를 가지고 있는 광복군이었기 때문에 야음을 틈타 공격하기도 하고 위험하다 싶은 상황이 있다면 근처 야산에 올라 은밀하게 비트를 파고 숨어버리는 등 끝없이 경계에 배치되어 있는 일본군을 괴롭혔다.

이에 일본군 사이에서는 연해주 경계에 배치되는 것을 극도로 꺼리를 분위기가 형성되었고, 고위 장교 같은 경우 좌천의 대상지이기도 했다.

하지만 누적되는 피해가 점점 무시하지 못하는 상황이 되자 일본은 광복군을 처리하기 위해 물밑 협상을 진행하였다.

"최근 이상합니다."

"자네도 느꼈나?"

소규모 전투가 이어지던 연해주에서 묘한 긴장감만 흐를 뿐 매일같이 일어나던 전투가 일시에 멈췄다.

"정찰 결과는?"

"별다른 이상 없습니다."

고개를 갸우뚱했다.

"느낌이 좋지 않아."

"위험하더라도 깊숙이 정찰해 보겠습니다."

"부탁……."

말을 끝내지 못했다.

머리 위에서 모터음이 들린 것이다.

시선이 하늘로 향했다.

"전투기……."

동그란 빨간 점이 한눈에 들어왔다. 한참을 공중에서 선회하던 비행기는 이내 돌아갔다.

'좋지 않은 일이 일어나는 것이 분명해!'

사내는 결심한 듯 말했다.

"정찰조 모두 깊숙이 정찰한다."

"알겠습니다."

이런 일들이 각지에서 광복군 사령부까지 보고되었다.

"일본군이 겁을 먹어서 물러섰다고는 생각하지 않습니다."

"내 생각도 똑같습니다."

후퇴는 곧 패배라는 생각을 가지고 있는 일본군이었기 때문에 차라리 죽음을 선택하지 후퇴 따위는 안중에도 없었다. 그런 일본군이 며칠째 눈에 띄지도 않고 있었다. 그런데 하늘에 비행기를 띄워 정찰을 하고 있다.

"마치 대규모 공격을 할 것처럼 굴고 있습니다."

"정찰 결과는?"

"국내 깊숙이까지 비밀리에 정찰을 했는데, 대규모 군대는 있지도 않다고 합니다."

"그래요?"

무언가 이상한 것은 확실했지만 심증만 있을 뿐이었다.

"느낌이 좋지 않아요. 경계를 강화하고 첩보하는 인원들을 재촉해 보세요."

"알겠습니다."

🎩

나홋카에서 먼바다, 일장기를 내건 몇 대의 수송선이 떠 있었다.

"사령관님."

부관이 한 장의 서류를 건네주었다. 금세 읽어 본 사령관은 고개를 끄덕였다.

"오늘 저녁은 배불리 먹이게."

아메리칸
드림

"하!"

부관이 명령을 전파하기 위해 자리를 뜨자 옆에 다른 군복을 입고 있는 사내의 입이 열렸다.

"명령이 떨어진 게요?"

"그렇소."

"하하, 드디어 반란군을 일거에 처단할 수 있는 기회가 나에게 주어지는구려."

"방심하지 마시오. 사할린에서도 쉽게 생각했다가 패배한 것이니."

"걱정하지 않아도 될 것 같소, 반란군들은 우리가 바다에 있다는 사실조차 모를 것이니."

사내는 강한 자신감을 보였다.

"작전 시간은?"

"04시 30분."

"내일 아침은 뭍에서 먹겠구려."

짙은 미소에서 피비린내가 나는 것 같았다.

♣

광복군 사령부에서는 여전히 별다른 이상 징후를 발견하지 못했다.

"무언가 있다. 포기하지 말고 찾아내라!"

평소와는 너무 다른 일본군의 대응과 왠지 모를 위기감을 감지한 광복군은 원인을 찾기 위해 동분서주했으나 결국 찾지 못했다.

해가 뜨지 않은 새벽, 나홋카의 항구에는 짙은 물안개가 피어올랐다.

파도 소리를 제외하고는 적막하기만 한 어둠 속에서 이질적인 소리가 울려 퍼졌다.

물살을 가르는 엔진 소리.

등대는 배가 가야 되는 방향을 정확히 알려 주고 있었다.

"응?"

창고지기는 멀리서 들리는 소리에 이상함을 느꼈다.

시야가 확보되지 않았기에 자세한 사실은 알 수 없었지만, 육중한 엔진 소리 덕분에 큰 배가 항구로 오고 있다는 것을 알 수 있었다. 그리고 여기에 더해 한 척이 아니라는 사실 역시 알 수 있었다.

순간 사내는 온몸에 소름이 돋았다.

'도망쳐야 돼!'

위험을 직감한 것이다.

부랴부랴 몸을 돌려 지켜야 되는 창고를 벗어나 배가 오는 반대 방향으로 뛰기 시작했다.

"소형 수송선을 내려라!"

사령관의 지시에 일사불란하게 작은 소형선들이 바다 위

에 안착했다.

뭍으로 가기 위한 배가 준비되자, 병사들은 정해진 순서대로 배를 옮겨 탔다. 이렇게 준비된 수십 척의 배들이 일제히 항구를 향해 다가갔다.

그들은 얼마 지나지 않아 뭍에 다다랐다.

"하선!"

재빠르게 병사들이 상륙했다.

"지금부터 보이는 모든 자들을 반란군으로 규정! 처단하라!"

"하!"

함성 소리가 항구를 깨웠다.

탕탕.

총소리는 아비규환을 만들어 갔다.

동시에 항구에 주둔하고 있던 광복군 중대는 비상이 걸렸다.

"주민들을 보호해!"

중대장은 소대장들에게 지시를 내리고 전화기를 들었다. 얼마 지나지 않아 반대편에서 전화를 받았고 상대방의 목소리를 듣기도 전에 할 말이 쏟아져 나왔다.

"나홋카 중대장입니다. 현재 정체를 알 수 없는 이들에게 항구와 도시 전체가 공격받고 있습니다. 추측이지만 일본군으로 보입니다. 신속한 지원 바······."

펑.

중대장은 말을 끝낼 수 없었다. 폭탄이 건물을 때렸고 그 여파로 즉사했기 때문이었다.

한편 소식을 들은 광복군은 난리가 났다.

"일본군이 무슨 생각으로 캐나다 영토인 이곳을 공격한 것이오?"

"그것을 어떻게 알겠습니까?"

탁탁.

책상을 두들기며 분위기를 진정시켰다.

"중요한 것은 그게 아닙니다. 나홋카 주변에 군이 얼마나 있습니까?"

"대부분이 연해주 경계에 배치되어 있습니다."

"허, 그럼 나홋카까지 얼마나 걸립니까?"

"흩어져 있는 군을 모아서 준비하고 진격한다면 못해도 나흘 이상 걸릴 것입니다."

가만히 듣고 있던 다른 사내가 입을 열었다.

"국경선의 병력을 뺄 수 없습니다."

"그것이 무슨?"

"잘 생각해 보세요. 이미 나홋카로 진격한 일본군인데 만약 국경선의 병력을 빼면 어떻게 되겠습니까?"

경계를 서고 있는 병력을 빼 나홋카로 돌린다면 국경선에 병력 공백이 생긴다. 그 틈을 일본군이 밀고 들어올 것이다.

"하지만 자리를 지킨다고 해도 문제 아니겠습니까?"

나홋카로 쳐들어온 일본군이 국경 지역의 병력을 노리고 진격한다면 양쪽에서 공격받기에 어떤 선택을 하더라도 좋은 상황이 아니었다.

"나홋카의 주민이 얼마나 됩니까?"

"8만이 조금 못 됩니다."

"……."

순간 정적이 몰려왔다.

"우수리스크, 블라디보스토크의 방어 상태는?"

"중대 하나씩만 준비되어 있습니다."

지켜야 되는 영토는 넓은데 방어해야 하는 병력은 턱없이 모자랐다.

"방법이 없습니다."

"무슨 소립니까? 무조건 방법을 찾아야 합니다. 자칫 잘못하다는 나홋카의 주민들이 몰살될지도 모릅니다!"

"대안이 없지 않습니까?"

"이 사람이!"

두 사람은 멱살을 잡고 치고받기 시작했으나 주변 인물들에 의해 곧 싸움이 멈췄다.

"일단 전화를 돌려 블라디보스토크에 병력을 집중시키고 의용군을 모아 봅시다."

딱히 방어에 대한 대책이 없었기에 의용군을 모으자는 의견에 찬성했다.

대찬은 궁금했다.

"도대체 왜?"

영국이 전쟁을 수행할 수 있게 많은 채권을 구입해 줬으며 캐나다와는 빅딜을 통해 굉장히 우호적인 관계였다.

"정보가 부족해."

그는 한쪽 벽을 바라봤다.

빼곡히 적혀 있는 글씨와 함께 하나의 지도가 만들어져 있었다. 그런데도 핵심적인 정보는 여전히 부족했다.

따르릉

"여보세요."

─사장님, 에릭입니다.

"아, 알아봤어요?"

확실한 정보를 알아내기 위해 에릭을 캐나다에 보내 자세한 내막을 알아보라고 지시했었다.

─확실히 알아낸 것은 돈입니다.

가장 이해가 되지 않는 대목이었다. 돈이라면 대찬 역시 그 누구에게도 지지 않을 만큼의 부를 소유하고 있었다. 그러니 적절한 대화를 통해서 얼마든지 돈을 기부해 줄 수 있었다.

"그게 다예요?"

-캐나다 정보통이 말하기를 노획물과 1천만 달러를 제공하겠다고 했답니다.

"노획물?"

사할린과 연해주는 가난하기 그지없는 지역이었다. 그런데 노획물 운운했다는 것이 마음에 걸렸다.

'뭘까?'

무언가 있다는 것은 확실했지만 명확한 것은 하나도 없었다.

"일단 알겠어요. 조금 더 정보가 없는지 확인해 보세요."

-알겠습니다.

대찬은 노획물이라는 단어를 크게 써서 삼국의 중간에 걸어 놓았다.

"일단 차분히 풀어 보자. 먼저 영국과 캐나다."

캐나다에는 많은 투자와 함께 적절하게 기부금을 냈고 한편으로는 캐나다 국적을 소유해 캐나다 국민이기도 했다. 그만큼 긴밀한 관계였다.

영국은 딱히 맺은 인연은 없지만 몇 번의 거래를 통해서 많은 이익을 가져간 만큼 표면적으로는 충분히 우호적인 관계였다. 대표적으로 영토 거래를 통해 적지 않은 이익을 얻었고 전쟁 기간 동안 몇 개의 특허는 라이선스를 허가해 주어 군수물자를 자체적으로 생산할 수 있게 도왔다.

"그런데 돈 때문에 일본이 광복군을 공격할 수 있게 허가해 주었다?"

난센스.

'영국은 그렇다 하더라도 캐나다의 태도가 이해되지 않아.'

고압적인 자세로 자국을 제외하고는 그다지 존중하는 것이 없는 영국은 충분히 그럴 만하다고 느꼈다. 하지만 캐나다는 대찬이 직접적으로 해코지해서 피해를 줄 수 있었다.

"뭘까? 무엇에 혹했기에 지금까지 유지해 왔던 관계를 뒤집을 수 있었을까?"

다시 펜을 들어 노획물 옆에 대가라고 썼다.

"그리고 일본."

일본은 중국에 있는 독일의 이권을 전부 다 차지했고 중국과 강화조약을 통해 만주 지역까지 장악력을 가질 수 있었다. 그런데 여기에 걸림돌이 하나 있었으니 바로 옆에서 끊임없이 귀찮게 하는 광복군이었다. 공격을 해서 일시에 제거하자니 그 영토가 캐나다의 것이었고 캐나다는 영연방의 일원이었다.

"계속 참고 있지는 않겠지."

언젠가 한 번쯤은 어떠한 방법이든 수를 써서 크게 일을 벌일 거라 예상하고 있었다.

"그런데 일본은 고작 1천만 달러와 노획물이라는 단어를 써서 영국과 캐나다를 설득했다."

순간적으로 노획물에 꽂혔다. 짚이는 것이 생겼다.

"덕원 씨!"

"네."

"우리가 사할린에 보낸 금괴 장부 좀 가져다줘요."

잠시 기다리고 있자 금방 장부 하나를 가져왔다.

장부를 펼쳐 다른 것에는 일절 관심을 가지지 않고 마지막 장을 펼쳤다.

"2억 5천만 달러."

10년이 넘게 금을 모았고 꾸준하게 광복군에게 보내고 있었다. 어느 정도 지출했을 것이었기 때문에 모든 금괴를 보관하고 있지는 않을 테지만, 지나간 시간이 있으니 누적된 양이 무시하지 못할 정도였다. 그리고 언젠가 안중근의 편지에는 비밀 장소에 금을 차곡차곡 모으고 있다고도 했다.

"덕원 씨, 한인 사회에서 기부금을 어떻게 보내고 있나요?"

"전부 금괴로 바꿔서 보내는 것으로 알고 있습니다."

"아! 국민회 가서 얼마나 보냈는지 알아볼 수 있을까요?"

"이번에 말입니까?"

"아니요. 전부 다! 지금까지 총합을 알아봐 주세요."

"알겠습니다."

잠시 후 덕원이 돌아와 입을 열었다.

"3억 달러 정도 된다고 합니다."

대찬은 이마를 짚었다.

'영국에서 발행한 채권은 약 30억 달러. 광복군이 가진 금을 일본군이 찾아내고 노획물로써 영국이 가져간다면…….'

협상국 진영은 전쟁에 승리했지만 얻을 수 있는 이익이 많지 않은 상황이었다. 동맹국이 전쟁을 일으켰던 이유가 식민지를 차지하기 위한 목적도 있었기 때문이었다. 말인즉슨 동맹국은 현재 식민지가 없거나 거의 전무한 실정이었다. 결국 협상국 진영은 얻을 수 있는 이익이 많지 않았다. 그 때문에 발행한 전쟁 채권이 큰 짐이 된 상황이었다.

"이제 알겠어, 이제야 모든 게 명백해졌다."

사전에 사할린과 연해주 어딘가에 한인들이 금괴를 잔뜩 숨기고 있다는 정보가 누출된 것이다.

'그런데 그렇게 깊이 숨기고 숨긴 금괴들이 있다는 사실을 일본과 영국은 어떻게 알아낸 것이지?'

항상 조심하며 다른 물건으로 위장하여 운반했던 것들을 알고 있다는 것에 놀랐다. 그리고 정보 누출 경로를 알 수 없다는 것도 문제였다.

"이제 이 일을 어떻게 막아 내느냐가 문제인데……."

조금 더 고민을 해 봐야 할 일이었다.

시간을 거슬러 올라가 몇 년 전, 북동항에서는 잃어버린 금괴 상자 때문에 크게 난리가 났었다.

'제길! 들키는 건 아니겠지?'

창원은 조마조마하게 가슴 떨고 있었다.

'내가 미쳤지!'

하역 작업을 하는 도중 상자에 뚫린 구멍이 있었다. 안을 들여다보았는데 꽁꽁 싸매어 있었다. 무언가 귀한 물건이라는 것을 직감할 수 있었다. 호기심으로 본 것이 궁금증을 낳았고 곧 행동으로 이어졌다.

낑낑대며 상자를 열어 보자 다시 자물쇠로 잠겨 있는 상자가 있었다. 자물쇠를 가지고 다니는 손도끼로 내려쳐 강제로 개봉했다.

"와!"

안은 금괴로 가득 차 있었다.

순간적으로 주변을 경계했다. 다행히 그에게 관심을 가지는 사람은 없었고 욕심이 동했다.

"무슨 일이야?"

그때 친하게 지내는 동료가 관심을 가지고 물어 왔다.

"아, 아니, 아무것도 아니야."

"싱겁기는."

'이걸 어떻게 빼돌리지?'

그는 눈동자를 굴려 가며 금괴를 빼돌릴 방법을 찾기 시작
했다.

"아!"

그가 찾아낸 방법은 금괴를 꺼내 자신의 근무처에서 개봉
할 상자에 분산하는 것이다. 다행히 보급품을 나눠 주는 역
할을 하고 있었기에 항상 자신이 상자를 개봉했다. 그 때문
에 가능할 것 같았다.

순식간에 일을 처리했다. 금괴를 꺼내고 자신이 개봉할 상
자에 숨겨 놓았다.

"아직도 안 끝났어?"

일을 마치기도 전에 누군가 채근했다.

'젠장! 아깝지만……'

뒤처리를 해야만 했다.

처음보다 많이 가벼워진 상자를 질질 끌고 가 아무도 모르
게 바다에 빠트렸다.

상자는 어느 배의 닻에 걸리게 되었고 출항하고 얼마 지나
지 않아 엉킨 닻에서 떨어져 나갔다.

북동항에서 일어난 금괴 도난 사건은 범인을 찾지 못했다.
창원은 금괴를 수습하고 아무 일 없다는 듯이 지내다가 금괴
를 가지고 광복군 진영을 떠났다.

창원에게는 한 가지 재주가 있었는데, 그것은 일본어를 할

수 있다는 것이었다.

광복군 진영을 떠날 때는 중국으로 갈 생각이었지만 잔뜩 품고 있는 금괴가 불안하여 가까운 일본을 선택했는데, 일본어를 할 수 있다는 것이 큰 작용을 했다.

금값을 제대로 받기 위해 도쿄로 향했고 금괴를 팔아 큰 재산가가 되었다.

"하하, 그래 마셔."

고급 요정에서 흥청망청 지내며 졸부 짓을 하고 다녔는데, 그러다가 술에 잔뜩 취하며 몇 가지 실수를 했다. 바로 한국어를 하며 한인인 걸 티를 내었던 것이다.

시끄럽게 떠들어 대는 것을 들은 요정의 다른 손님들은 이 사실을 치안청에 고발했고, 그는 부지불식간에 잡혀 끌려가 하나부터 열까지 모든 것에 대해서 조사를 받았다. 조사 결과 그가 광복군 가담자라는 것까지 밝혀졌다.

"살려 주세요!"

광복군 때문에 골머리를 앓고 있는 일본이 본보기로 자신을 죽일 것이라고 확신한 그는 살아남기 위해 자신이 알고 있는 모든 것을 토해 냈다.

"오호라, 그러니까 반란군 진영에 엄청난 금괴가 숨겨져 있다는 말이지?"

"네, 네! 맞습니다."

정보는 일본 수뇌부에게까지 전해졌다. 하지만 딱히 광복군을 손볼 수 있는 방법이 없어 그저 지켜보고만 있는 수밖에 없었다.

그렇게 시간이 지나 전쟁이 끝나고 엄청난 빚을 진 영국과 캐나다를 본 일본은 치밀하게 계획을 세웠다.

무단으로 남의 영토에 침입해서 전쟁 행위를 할 수 없다는 사실을 정확히 인지한 그들은 돈이 필요한 영국에 광복군이 가지고 있는 금에 대해서 정보를 제공했다. 그리고 이를 이용해 노획물 전부를 영국에 주겠다는 약조를 하면서 일거에 광복군의 제거를 꾀했다.

♣

나홋카를 점령한 일본군은 인세에 다시없을 참상을 만들고 있었다.

쉬익.

날카로운 칼이 휘둘러지며 바람 소리가 나면 어김없이 한 사람의 목이 떨어져 나갔다.

목 베기 시합.

일본군 장교 두 사람은 긴 장검을 들고 거리낌 없이 살인을 이어 나갔다.

"그만!"

"우와아아!"

한쪽에 선 병사들은 함성을 질렀다. 그리고 그 모습을 흐뭇하게 지켜보는 사람들이 있었다.

"사기충천했구려."

"하하, 앞으로 패배는 없을 것 같습니다."

고개를 끄덕였다.

"본국에서 지시가 내려왔습니까?"

"아직 없습니다. 이제 올 때가 된 것 같은데…….."

말이 끝나기도 전에 전령이 들어왔다. 사내는 자연스럽게 종이를 건네받았다.

"흠, 표적 수색을 우선시하라가 명령입니다."

"그럼 슬슬 움직여야겠습니다."

"저들을 어떻게 할 생각입니까?"

"굳이 살려 둘 필요 있겠습니까?"

"그렇군요. 그럼 백인들은?"

"마찬가지입니다."

캐나다에서 연해주로 넘어온 백인들은 대부분 새로운 모험을 위해 온 것이다. 하지만 이들 대부분은 큰 재산이 없고 가난한 인물들이었다. 그리고 일본은 나홋카에서 일어난 일들이 외부로 새어 나가길 원치 않았다.

"그럼 정리하도록 하지요."

사내는 부관을 불렀다.

"전원 참."

"하!"

명령을 받은 병사들은 전부 무기를 들고 사람들을 무참히 살육했다.

온갖 비명과 욕설이 난무했고 병사들이 지나간 자리는 어김없이 핏자국이 흥건했다. 그리고 모든 일이 끝났을 때 주변의 모든 땅은 붉게 색칠되어 있었다.

일본군의 동태를 파악하기 위해서 광복군은 계속해서 정찰 활동을 했기에 모든 광경을 보게 되었다.

"이런 개자식들!"

"육시랄 놈들!"

욕하는 것을 제외하고는 속에 있는 분을 풀 방법이 없었다.

소식은 빠르게 알려졌다. 그러자 연해주에 있는 모든 한인들이 반응했다.

"일본 놈들을 쳐 죽이자!"

"독립을 이루어 내자!"

자신도 언제든지 죽임을 당할 수 있다는 위기의식과 함께 염원하던 독립을 위하여 연해주 곳곳에서는 의용군이 일어나기 시작했다. 연해주로 사할린으로 이주했던 사람들은 안전이 확보되자 독립에 대해서 소극적인 면이 적잖이 있었는데, 이번 기회에 깨달은 것이다.

"조국이 없으면 계속해서 핍박이 이어진다."

망해 버린 조국에 대해서 좋지 않은 기억이 많은 사람들이었지만 큰 울타리로 자국민을 보호해 주는 국가가 없다는 사실을 뼛속 깊이 느꼈다.

　"싸우자!"

　결심을 한 이들이 속속 블라디보스토크로 모이기 시작했다.

　"생각 밖이군요."

　살짝 놀랐다는 표시만 할 뿐 표정에는 전혀 변화가 없었다.

　"우리 자국민이 희생당했습니다!"

　연해주 학살에는 캐나다 국적을 가진 백인들도 상당수였기 때문에 이 소식은 빠르게 퍼지고 있었다.

　"예상한 것 아니었습니까?"

　차가운 표정으로 캐나다 대표를 쳐다봤다.

　"극소수의 인원만 피해를 입을 것이라 생각했지 이렇게 대규모 학살이 일어날 것을 어떻게 예상하겠습니까?"

　"대신 이번 일로 인해 얻을 게 적지 않을 것이라 예상됩니다만."

　"끄응……."

알 것 없다는 듯이 방관적인 자세로 말을 하는 영국 대표를 보고 캐나다 대표는 속이 부글부글 끓었다.

"그나저나 금괴를 찾았다는 소식이 없군요."

"……."

"더 이상 시간 끌면 좋지 않을 것 같은데……."

연해주 일이 크게 번져 가기 전에 진화를 해야만 했다.

"저 역시 동감합니다. 아국의 여론이 좋지 않습니다."

고개를 끄덕였다.

"좋습니다. 이만 정리해야지요."

영국 대표는 대기하고 있는 사내를 보고 손짓을 했다.

⬥

대찬은 계속해서 머리가 지끈지끈거렸다.

몇 가지 이유로 금괴를 끊임없이 보내 보관하게 한 것이 이런 식으로 발목을 잡을 거라고는 예상하지 못했다.

처음 자금을 지원한 것은 안중근이 이토 히로부미를 저격하기 전이었다. 그때는 활동비를 지원해 주는 수준이었지만 곧 많은 자금을 보내게 되었는데, 항상 숨어 다니는 광복군과 접촉하기가 힘들었기 때문에 미리 많은 자금을 보내 자금 압박을 받지 않게 하기 위함이었다.

그런 상황에서 러시아와 일본이 전쟁 분위기를 만들어 냈다. 전쟁이 일어나지 않는다는 것을 알고 있기에 사할린을 구매, 양도받아 광복군을 이동시켰다. 바다가 얼어 버린 시간 동안에는 그동안 축적된 자금으로 무리 없이 군을 유지할 수 있었다.

여기에는 대찬의 복안도 있었는데, 언제 누군가 해코지를 한다면 항거할 수 없는 아주 미미한 존재였기 때문에 어떻게든 살아날 방법이 필요했다. 그래서 많은 자금을 보내 다시 재기할 수 있는 기반을 만들었고, 나중에는 암살 위협 때문에 그렇게 했다. 혹시라도 자신이 없는 상황이 된다면 준비된 자금이 광복과 국가 재건에 도움이 될 것이라 생각했기 때문이었다.

'가장 신뢰할 수 있는 무력이 있는 곳에 비자금으로 숨겨놓는다는 게 이런 사달을 일으킬 줄이야.'

아무 조건 없이 전적으로 믿을 수 있는 사람.

믿을 수 있는 확실한 무력.

같은 꿈을 꾸고 있는 자들.

광복군을 제외하고는 없었다.

'어떻게든 돌파구를 찾아야겠는데…….'

우선 대찬의 머리에 생각난 것은 우드로 윌슨의 민족자결주의였다.

각 민족은 정치적 운명을 스스로 결정할 권리가 있으며, 다른 민족의 간섭을 받을 수 없다는 주장.

'이건 안 먹힐 거야.'

미국에서는 민족자결주의를 주장하고 있었지만 돌아가는 상황은 유럽에 한정된 상태였다.

'다른 압박 방법을 찾아야 돼!'

일본군을 철수시킬 수 있는 방법.

'그럼 미국을 통해 캐나다와 영국을 압박해야 하는 건가?'

영국, 캐내다, 일본이 작당 모의를 했으니 캐나다가 협조적이지는 않을 것 같다. 그러니 미국을 이용해야 한다는 판단이 섰다.

따르릉.

"여보세요."

-서울입니다.

블라디보스토크에 일전을 준비하며 사람들이 모여들었다. 자세 보면 여기에는 특이한 점이 있었는데, 백인들이 다수 섞여 있었다.

"침략자를 몰아내자!"

나홋카의 학살이 소문나자 캐나다 출신의 모험가들이 블라디보스토크에 합류한 것이다. 여기에 러시아로 떠나지 않고 남아 있던 사람들 역시 횡액을 당해 러시아인들도 합류하였다.

순식간에 눈덩이처럼 불어난 세력은 일본군을 긴장하게 만들기 충분했다.

한인, 캐나다인, 러시아인까지 의도치 않은 연합군이 형성되었고, 나홋카를 벗어나 진격해 오는 일본군을 맞이할 준비를 서둘렀다.

며칠 지나지 않아 블라디보스토크의 코앞까지 도착한 일본군과 대치하게 되었다.

피잉.

격렬한 전투가 벌어질 것이라고 예상했던 것과는 달리 일본군은 멀리서 간헐적인 포탄 공격만 할 뿐 직접적인 공격은 하지 않았다.

"뭐지?"

게릴라 전투를 이끌던 홍범도는 나홋카의 소식을 듣고 위험을 직감했다. 그래서 국경을 경계할 수 있는 최소의 병력만 남겨 둔 채 나머지 광복군을 규합하여 서둘러 블라디보스토크로 왔는데, 적극적이지 않은 일본군에 의문이 생겼다.

"부관!"

"네."

"정찰대를 보내 보게."

"알겠습니다."

홍범도의 지시에 바로 무력 정찰이 실행되었고, 몇 시간이 지나자 보고가 올라왔다.

"일본군 숫자가 채 1천이 안 돼?"

"그렇습니다. 눈으로 보이는 적군 1선에는 사람이 많은 것 같지만, 더 정찰해 보니 1천도 되지 않는 것 같았습니다."

'도대체 일본군이 노리는 게 뭐야?'

이 문제는 지금 중요한 것이 아니니 접어 두고 당장 눈앞에 있는 일본군을 섬멸하기 위해 움직였다.

미리 정찰해 둔 안전한 곳으로 적진을 돌아 앞뒤를 동시에 친다는 간단한 작전을 세우고 군을 둘로 나누었다. 홍범도는 배후를 치는 부대를 지휘했다.

인원이 많으면 적에게 발각될 수 있으니 부대 규모를 작게 만들었고, 공격이 약속된 시간 전에 배후에 도착할 수 있었다.

공격을 개시하기 전 홍범도는 좌우를 살피며 일일이 눈을 마주쳤다.

긴장 속에서도 준비가 되었다는 강렬한 눈빛.

이길 수 있다는 확신을 가지고 홍범도는 외쳤다.

"돌격!"

명령과 함께 총알이 날아가는 소리가 쉴 새 없이 울려 퍼졌다.

두두두두.

미리 참호를 파 놓고 기관총까지 거치시켜 놓은 일본군의 반격이 거셌다.

"겁먹지 마라! 적지가 멀지 않았다!"

독려하는 소리에 성큼성큼 다가갔다.

펑!

바로 옆에서 들리는 큰 소리에 일순간 시선이 그곳으로 모였다.

"으아악!"

다리 한쪽이 형체도 보이지 않는, 고통 속에 울부짖는 사내가 보였다.

펑펑.

계속해서 큰 소리가 들렸다. 한 번 터질 때마다 고통스러운 소리가 들렸다. 광복군의 시선이 자꾸 그쪽으로 돌아갔다. 애써 외면하며 전진했지만 미지의 공포에 살짝 주춤할수밖에 없었고 그 시간만큼 사상자는 늘어만 갔다.

"멈추지 마라!"

홍범도는 위험한 상황에서도 아군의 사기 진작을 위해 솔선수범하며 참호로 몸을 날렸다. 여기에 용기를 얻었는지 광복군은 거리낌 없이 돌격해 승리를 거둘 수 있었다.

하지만 승리를 차지한 대가는 컸다. 이전에 전투에서는 사상자가 많이 발생하지 않았는데, 이번 전투에서는 생각밖에 피해가 많이 생겼기 때문이었다.

"사망자는?"

"확인 된 수는 278명입니다. 그런데……."

"그런데?"

"부상자 수가 300명이 넘습니다. 그들 대부분이 사지 중 한 곳이 잘리거나 없는 실정입니다."

마치 사진처럼 잠깐씩 스쳐 지나가는 장면이 눈에 선했다.

"큰일이군."

전쟁 무기의 진화는 상대방을 죽이는 것보다 사지 중 하나를 없애거나 못쓰게 만들어서 전장에서 퇴출시키거나 이들로 인하여 전쟁의 공포를 심어 주는, 굉장히 심리적이고 전략적인 방법으로 진화했다.

"대부분 복귀 불가능할 것 같습니다."

몸이 정상으로 회복 가능하다면 다시 광복군 활동에 합류할 수 있지만, 몸이 불편하면 광복군 활동은 물론 일상생활 역시 제약이 생겼다.

'이게 정규군의 힘인가?'

계속해서 겪었던 일본군이 지금처럼 강력한 군대라고 느끼지 못하고 있었다. 지금까지 원하는 대로 승리를 이끌어 왔으니 내심 깔보는 마음도 있었는데, 방심한 대가를 크게 치르고 있었다.

"포로 심문은 했나?"

"네, 장교들은 전부 죽어 고급 정보는 알아낼 수 없었습니다. 일반 병사들을 심문했는데 부대를 나누어서 사방으로 이동했다고 합니다. 목적은 알 수 없습니다."

"연락은 해 줬나?"

"그렇습니다."

"좋아, 이제 재정비하고 일본군을 추격하도록 하지."

일단은 일본군을 연해주에서 몰아내는 것이 중요했다.

독립선언

파리에서 강화회의가 일어나고 있는 도중.

1919년 2월 만주와 연해주 및 중국, 미국 등 해외에서 활동 중인 독립운동가들 39명 명의로 독립선언서가 발표되었다.

정의는 무적의 칼이니 이로써 하늘에 거스르는 악마와 나라를 도적질하는 적을 한 손으로 무찌르라. 5천 년 조정의 광휘光輝를 현양顯揚할 것이며, 2천만 백성의 운명을 개척할 것이니, 궐기하라 독립군! 제齊하라 독립군!

천지로 망網한 한번 죽음은 사람의 면할 수 없는 바인즉, 개돼지와도 같은 일생을 누가 원하리오. 살신성인하면 2천만 동포와 동체同體로 부활할 것이니 일신을 어찌 아낄 것이며, 집안이 기울어도 나라를 회복되면 3천 리 옥토가 자가의 소유이니 일가一家를 희생하라!

아! 우리 마음이 같고 도덕이 같은 2천만 형제자매여! 국민본령國本領을 자각한 독립임을 기억할 것이며, 동양평화를 보장하고 인류평등을 실시하기 위한 자립인 것을 명심할 것이며, 황천의 명령을 크게 받들어 일절一切 사망邪網에서 해탈하는 건국인 것을 확신하여, 육탄혈전肉彈血戰으로 독립을 완성할지어다.

조소앙이 기초한 이 선언서는 사기와 강박으로 이루어진 일본과의 병합은 무효이며 육탄혈전으로라도 독립을 쟁취할 것이란 점을 강력하게 보여 주었다.

한편 일본에서는 재일 유학생들이 '조선청년독립단'을 발족하고 와세다대학 철학과 학생이던 이광수가 서술한 독립선언서를 기초로 2월 8일 백관수가 대표로 낭독했다.

1. 본 단은 일한합병이 오족의 자유의사에 출치 아니하고 오족의 생존 발전을 위협하며 동양의 평화를 요란케 하는 원인이 된다는 이유로 독립을 주장함.

2. 본 단은 일본 의회 및 정부에 조선민족대회를 소집하야

대회의 결의로 오족의 운명을 결할 기회를 여하기를 요구함.

3. 본 단은 만국평화회의에 민족자결주의를 오족에게 적용하기를 요구함. 그 목적을 전달하기 위하야 일본에 주재한 각국 대사에게 본 단의 의사를 각해 정부에 전달하기를 요구하고 동시에 위원 3인을 만국평화회의에 파견함. 그 위원은 이미 파견된 오족의 위원과 일치 행동을 취함.

4. 위의 요구가 거절될 시에는 일본에 대하야 영원히 혈전을 선포할 것이며 이로 인하여 발생하는 참화는 오족에게 책임이 없음.

독립선언서를 낭독한 후 가도로 나선 학생들은 최팔용의 사회 아래 대회 선언과 결의를 열광 속에 가결했다. 이어 독립운동의 구체적인 방향을 논의할 때 일본 경찰들이 들이닥쳐 해산을 명하였다. 그러나 참석자들은 이를 거부하여 큰 소란이 일어났다. 이들은 일경과 몸싸움을 벌이다 강제 해산되었고 사회자 최팔용 외에 약 예순 명이 검거되었으며 여덟 명의 학생들이 기소되었다.

그러나 학생들은 굴복하지 않고 2월 12일 오전에 50여 명의 조선인 학생들이 청년회관에서 독립운동을 협의하다가 검거되었다.

이 일에 참여한 사람들은 장영규, 최팔용, 윤창석, 김철수, 백관수, 서춘, 김도연, 송계백, 변희용, 강종섭, 이봉수

등이었는데, 이들은 '조선이 독립국임과 조선인은 자주민임을 선언'하였고, '최후의 일인까지 최후의 일각까지 민족의 정당한 의사를 쾌히 발표하라'며 민족의 궐기를 촉구했다.

　나홋카의 학살과 독립선언을 하는 모든 일들이 맞물려 한반도에서는 작은 태동이 생기기 시작했다.

　　　　　　　　　　　　　♣

　전화로 방문하겠다는 짧은 메시지를 보내고 나서 며칠이 지나지 않아 사울이 대찬의 사무실을 방문했다.

　"웬일입니까?"

　캐나다에 제대로 뒤통수를 맞았기에 대찬의 입에서는 달가운 소리가 나오지 않았다.

　"잘 지내셨습니까?"

　사울은 반대로 미소 지으며 안부를 물어 왔다.

　"덕분에요."

　"그러셨군요. 사실 이번에 찾아온 이유는……."

　"네."

　"이번 일에 대해서는 유감입니다."

　'사과하는 건가? 얼렁뚱땅 넘어가려고?'

　황당했지만 사울의 입에서 다음 말이 나왔기에 잠시 참고 들어 보았다.

"사실 우리 정부에서는 이번 일에 대해서 자세히 알지 못하고 있습니다. 그리고 일본이 영토 침범을 했기에 철저히 응징할 생각입니다."

"……!"

'이건 새로운 개수작인가?'

알고 있는 모든 정보를 규합해 결론을 냈다. 들어오는 모든 정보는 영국, 캐나다, 일본이 사전에 협의하고 철저히 계획하에 이루어진 일이었다. 그런데 캐나다는 대찬의 면전에서 거짓을 말하고 있었다.

"네?"

"일본군의 정체불명의 무력 행위에 자국민이 많이 상하거나 죽음을 맞이했습니다. 그런데 피해를 입은 중심에는 한인이 있습니다. 이 일을 우리 정부에 맡겨 주시지 않겠습니까?"

'헉!'

대찬은 속으로 경악을 금치 못했다. 그렇지만 티 내지 않고 다음 대답을 뭐라고 할지 궁금해 물었다.

"맡겨 달라니요?"

"일본에서 반란군으로 규정된 광복군은 일본과 원만한 협상이 불가능하니 우리에게 맡겨 달라는 것입니다."

"그럼?"

"네, 이번에 작고하신 분들 모두 캐나다……."

사울의 목소리는 들리지 않고 대찬의 머릿속이 빙글빙글 돌기 시작했다. 술을 많이 마신 것처럼 머리가 어지러워 정신을 차릴 수 없고, 속은 울렁거렸으며 화가 치솟아 말도 나오지 않았다.

"아, 아……."

대찬은 눈을 질끈 감았다.

"……내일 ……다시, 이야기하시죠."

최대한 아무렇지 않은 척 자리를 벗어났다.

조용한 곳에 혼자 남아 어느 정도 진정이 되자 사고가 회복되었다.

'모든 일의 원흉은 영국이었어.'

영연방의 일원인 캐나다는 그저 영국의 지시에 따른 것이었다.

영국의 계획은 이랬다.

과거 대승산 전투가 일어날 당시 북사할린은 러시아에서 캐나다로 양도가 된 상태였다. 그리고 바다가 얼어 북미에서 사할린까지 모든 교통이 멈춘 상태였다. 일본은 이것을 기회로 삼아 북사할린에 숨은 광복군을 처단하기 위해 아무도 모르게 진군했다.

하지만 비밀은 없는 법, 국제 정세에 귀를 기울이고 있던 국가들은 그 일에 대해서 알고 있었다. 그리고 일본과 한인들의 관계에 대해서도 진상을 파헤치던 중에 정확히 알 수 있었다.

전쟁이 끝나고 일본은 영국이 전쟁 중 사용했던 전비를 충당하기 위해 막대한 자금이 필요하다는 사실을 알게 되었다. 그래서 광복군이 가진 자금에 대해서 정보를 흘리며 자신들이 하는 일에 대해서 눈감아 주기를 청탁했다.

영국은 여기에 한 가지 함정을 팠다. 어떤 것이 되었든 기록을 남기지 않고 오로지 비공식적으로만 협상한 것이다. 즉, 처음부터 광복군의 자금에 대해서는 불확실하기에 관심 밖이었다. 목적은 호황을 누리고 있는 일본에 올가미를 씌워 배상금을 충분히 받아 내는 것.

일본은 분명하게 협상을 하고 허락을 받았다고 생각했겠지만, 협상을 했다는 걸 증명할 수 없다. 비공식 협상이었고 외부에서 보이는 공식적인 상황은 일본이 캐나다 영토를 무단으로 침입한 것이다. 그러니 영국 입장에서는 광복군의 자금을 찾아내 넘겨주면 그건 그대로 좋고, 아니더라도 캐나다 영토를 무단 침입한 일본에 배상금을 받아 내면 되니 나쁠 것이 없는 상황. 더군다나 일본은 스스로 비공식으로 아무런 기록도 남기지 않길 원했다.

그렇게 시작된 진격 중 일본군은 많은 사람들을 학살했다. 영국의 입장에서는 더할 나위 없이 좋은 상황, 캐나다 영토에서 죽은 사람은 캐나다인임이 확실하니 배상받을 수 있는 명분은 더 명확해졌다.

대찬은 이 모든 걸 캐나다의 행보로 유추했다. 캐나다가 한인을 배척할 리 없었다.

'영국…….'

지금까지 이루어졌던 모든 일이 영국의 흉계였다. 그러니 일본에 많은 시간을 주지도 않는 것이다.

'정말 호구처럼 아무 말도 못 하게 됐다.'

표면적으로 드러나 있는 사실들은 일본이 미쳐서 캐나다를 무단으로 침입했고 캐나다인을 학살했단 것이다. 이것은 전쟁 행위이니 전쟁을 원하지 않는다면 일본은 배상을 해야만 한다.

'웃긴 건 일본은 전쟁을 하지 않을 것이라는 거지.'

능력 있고 활발하게 정보 수집이 이루어지는 국가들은 일의 내막을 알고 있을 것이다. 하지만 일본이 전쟁을 수행한다면, 이들은 일본의 편을 들지 않고 영국 편을 들어 일본을 공격할 것이다.

이유는 똑같았다.

표면적으로 나타난 모든 것은 일본이 잘못했다. 여기에 몇 가지 이유를 더하자면, 전쟁 도중 서양 열강이 가지고 있던 중국에 대한 상당한 이권들을 일본이 차지하게 된 상황. 일본은 양질의 먹잇감이다. 기회만 주어진다면 승냥이처럼 달려들 것이다.

마지막으로 피부색에 의한 유대감으로 인해 열강들은 영

국보다는 일본을 공격할 것이다.

"결국 한인만 등 터졌어. 어휴, 어디다 하소연할 때도 없고."

억울하고 화가 났다.

'눈 뜨고도 코 베인단 게 이런 건가?'

한편으로는 새롭게 느껴지는 바가 컸다. 지금은 모든 돌아가는 상황을 질서 정연하게 알 수 있었기에 국제적 정치와 모략을 실감할 수 있었다.

"아직도 멀었네."

노력해서 조금 준비가 됐다 싶으면 다른 부분에서 미미한 상태였기에 항상 도돌이표처럼 다시, 다시만 하고 있었다.

"또다시 대책을 생각해 봐야겠다."

나홋카 학살의 원인은 바다에 대한 대비책이 전혀 없었다는 것이었다.

'연해주 앞바다에 군함을 띄워 놓는다는 것은 말도 안 되고. 조선소를 세운다는 것은 더더욱 아니고 방법이……'

골똘히 생각해 보니 전혀 방법이 없는 것은 아니었다.

'잠수함.'

비록 독일이 전쟁에서 패배하기는 했지만 U보트 잠수함은 전선에서 혁혁한 공을 세웠다.

'바다 위에 띄워 놓을 수 없다면 바다 밑에서 활동해야겠지.'

그리고 불시에 습격이 가능한 잠수함의 어뢰는 대형 군함마저 파괴할 수 있으니, 바다도 지키고 무력 면에서도 좋았다. 사실 가장 좋은 것은 잠수를 통해 눈에 보이지 않게 수면 아래로 은폐할 수 있다는 점이다.

'문제는 잠수함이나 혹은 제작 기술을 어떻게 얻어 낼 것인가인데……'

자체적으로 개발할 수는 있겠지만 많은 시간이 필요하니 당장 운용할 수 있는 잠수함이 있다면 무척 좋을 것 같았다.

'잠깐만, 기회가 있잖아?'

영국과 협상을 한다면 이빨도 박히지 않겠지만 캐나다는 대찬의 눈치를 봐야 되는 상황이니 운이 좋다면 원하는 것을 얻을 수도 있겠다는 판단을 했다.

그런데 이런 생각을 하는 자신의 모습에 염증을 느꼈다.

'돌아가신 분들께는 죄송합니다. 하지만 당장 미래를 위해서는 지금 하는 일을 계속해야 되겠네요. 나중에 만나면 꼭 사죄 인사를 드리겠습니다.'

들려온 소식에 복잡한 감정이 들기는 했지만 당장 피부로 느껴지지는 않았기에 할 수 있는 최선을 다하는 것이 도리라 생각했다.

다음 날, 대찬과 사울은 서로 동상이몽하며 마주 보고 있었다.

"생각은 해 보셨습니까?"

'수 싸움 시작인가?'

대찬은 천천히 고개를 끄덕이고 마음을 단단히 먹으며 입을 열었다.

"네……."

"그럼?"

"다른 방법이 있겠습니까? 그렇게라도 해서 가족들에게 보상이 돌아가야겠지요."

"잘 생각하셨습니다."

"그런데……."

"말씀하세요."

"앞으로 또 이런 일이 있을까 걱정되어 지난밤에 한숨도 자지 못했습니다."

"아."

사울의 눈 끝이 미세하게 떨렸다.

"그래서……."

"혹시 군함 파견을?"

"아, 아닙니다. 어떻게 거기까지 바라겠습니까? 다만……."

"다만?"

"바다를 자체적으로 방어할 수 있는 수단을 가지고 싶습니다."

"그렇군요. 그럼 어떤 방법을?"

"자세히는 알지 못합니다만, 독일의 U보트라는 잠수함이 방어에 좋겠다는 생각이 들었습니다."

사울이 흠칫 놀라는 모습을 보였다.

"그건 타국의 무기이기 때문에 방법이 없을 것 같습니다."

"역시 그렇겠지요?"

'일단 한 방 세게.'

"생각해 둔 다른 방법은 없습니까?"

"연해주 상황을 잘 아시겠지만, 주변이 온통 일본의 영역이라……."

캐나다에서 가장 피하고 싶은 상황은 아시아로 함대를 파견하여 군비를 지출하는 것이었다.

"잘 알고 계시겠지만, 함대 파견을 무립니다."

"좋아요. 그럼 잠수함 설계도라도 어떻게 안 되겠습니까?"

대찬은 승부수를 띄웠다.

"U보트의 설계도여야만 합니까?"

"아닙니다. 그저 연구할 수 있는 정도면 됩니다."

대찬이 퀸샬럿제도에 조선소를 가지고 있다는 사실은 잘 알고 있다. 그러니 설계도가 넘어간다면 얼마 지나지 않아 잠수함이 개발될 것이라는 것 역시 알고 있었다.

그러나 지금 캐나다에 가장 중요한 것은 대찬의 분노를 잠재우는 것이었다. 미국에 상당한 부를 만들어 놓은 대찬은 어떠한 방법이든 독자적으로 보복이 가능했다. 캐나다는 피하고 싶은 부분이었다.

'내가 이렇게까지 해 가며 사정하는데 수락하지 않을 수 없겠지.'

연해주에서는 한인들이 중간에서 상당한 피해를 입은 상황이다. 반면 지금 캐나다는 영국과 대찬의 사이에서 조율을 해야 하는 입장이었다.

'캐나다는 영국으로부터 어느 정도 보상을 받겠지만, 우리는 아니거든.'

어떻게든 악착같이 대가를 받아 내야만 했다.

"후, 쉽지 않은 일을 부탁하시는군요."

대찬은 눈을 똑바로 마주치며 말했다.

"부탁드립니다."

"좋습니다. 노력해 보겠습니다."

"감사합니다."

"그럼 이대로 진행하도록 하겠습니다."

"네, 그리고 이번에 캐나다에도 미국처럼 제향군인지원회를 만들어 볼까 합니다."

"아! 그렇습니까?"

밝아진 표정.

"너무 기대하지는 마세요. 어디까지나 계획 중이니까요."

"계획이라는 것이 틀어질 수도 있는 것이지요."

이해한다는 듯이 말하고 있지만, 실제로 대찬의 마음은 달랐다. 미끼를 물 강력한 떡밥이 필요한 것이지 캐나다에 어떠한 회를 만들 생각은 눈곱만큼도 가지지 않았다.

'뭐가 예쁘다고? 보복하지 않는 것만으로도 다행이라고 생각하고 살아야지.'

"그럼 이만 가 보도록 하겠습니다."

"좋은 소식 기대할게요."

웃으며 인사를 하며 사울을 전송한 대찬은 사무실로 들어와 답답하게 목을 조이고 있는 넥타이를 풀어 헤쳤다.

'그런데 영국은 어떻게 엿 먹여야 할까?'

당분간 캐나다는 제향군인지원회 때문이라도 꼬리를 살랑살랑 흔들 것이다. 하지만 영국은 대찬의 영향력이 미치지 않았기에 어떻게 해 볼 기회조차도 없었다.

"방법이 필요한데……."

가장 강력하게 쥐고 흔들 수 있는 것은 전쟁 채권이지만, 당장 가지고 있는 채권으로 뭘 어떻게 해 볼 수 있을 것 같지는 않았다.

'그 외에 다른 방법은?'

그런 대찬에게 영국을 심란하게 하고 있는 것이 생각났다.

'아일랜드.'

1916년 아일랜드에서 거세게 일어난 독립운동은 충분히 영국을 괴롭히고 있었다.

"하하하."

완전무결한 것은 없었다.

"으……."

대찬은 양손으로 머리를 쥐어뜯듯이 잡고 있었다.

"어려워!"

'현실주의'를 쓰고 난 다음 자본주의에 관한 글을 써 보려
고 노력했지만, 사회주의와는 다르게 난해한 부분이 많았다.

"어느 부분을 부각시켜야 하는 거야?"

복지 부분을 부각시키자니 사회주의풍이 될 것 같아 우려
스러웠고, 인간을 한가운데 두고 쓰자니 철학서가 되는 것
같았다.

사실 가장 큰 문제는…….

"자본주의도 부정적인 시선으로만 보이는데 어떡하라고!"

이 시대로 회귀한 다음에는 부자로 살게 되었지만, 이 전
의 삶에서는 그저 그런 평범한 소시민에 지나지 않았다. 그
러니 미래를 보고 온 사람으로서 자본주의가 그렇게 긍정적
으로만은 보이지 않았다. 사실은 비판적인 시선을 강하게 가
졌다.

"내 생각을 빼면 밍밍한 내용이 될 것 같고."

이래저래 고민만 쌓여 갔다.

"에이, 오늘은 포기!"

급할 것은 없으니 천천히 쓰면 됐다.

"사장님."

"뭔가요?"

"손님이 오셨습니다."

"누군가요?"

"마백수 씨입니다."

"아, 모시세요."

영국을 엿 먹이기 위해 아일랜드와 접촉하기 위한 루트를 찾는 것은 금방이었다. 준비된 선인들이 활동을 시작했기 때문이다.

"오랜만에 뵙습니다."

꾸벅하고 인사하는 백수의 자세에는 예전과 다르게 당당함이 서려 있었다.

"하하, 반가워요. 잘 지내고 계시는 것 같네요?"

"사장님 덕분입니다."

"그래요. 필요한 게 있으면 언제든지 연락 줘요."

"알겠습니다. 그런데 찾으신 이유가?"

"사실 부탁이 있어요."

"말씀만 하십시오."

눈빛에서 말만 하면 무엇이든 수행해 내겠다는 의자가 엿

아메리칸
드림

보였다.

"IRA와 대화를 하고 싶어요."

"어렵지 않습니다. 당장 연락해 불러오겠습니다."

마백수는 기쁜 표정으로 신속하게 움직이려 했다.

"하하, 아니에요. 조용히 만나고 싶네요."

"그럼?"

"덕원 씨를 통해서 연락드릴 테니, 중간에서 조율만 해 주면 될 것 같아요."

"네!"

믿음직스럽게 답을 하는 백수를 보며 대찬은 대견스러웠다.

'얼마 전까지만 해도 사람을 겁내던 사람이었는데 이렇게 행동하는 것 보니까 참 맘이 좋네.'

외모로 인해서 미국으로 이주해 오기 전까지 온갖 모진 수모를 다 겪다가 여기 생활에 적응한 후로 자신감을 빠르게 되찾았다. 지금은 맡은 일도 잘 해내고 있었다.

"요즘 선인들은 어떻게 지내나요?"

"사장님 덕분에 모두 다 자리 잡고 일하고 있습니다. 그런데……."

"편하게 말하세요."

"답답해하는 사람들과 꿈을 꾸는 사람들이 생겼습니다."

억압받던 생활에서 탈피하자 목표가 생기고 꿈이 생기는

것은 당연했다. 이미 선인들 중에서는 첩보원으로 살기보다는 다른 목적을 가지고 살 길 원하는 이들이 생긴 지 오래였다.

'자신의 삶을 살겠다는데 막을 수는 없지.'

수동적인 삶에서 능동적인 삶을 살겠다는 사람들을 후원해 줘야지 대찬이 원하는 삶을 살라고 강제할 수는 없었다.

"저는 괜찮으니 원하는 삶을 살아도 됩니다."

"네?"

"선인들이 어떻게 살든지 한인임은 부정할 수 없으니, 다른 방면으로 큰사람이 된다면 그것 역시 애국하는 길이 아닐까요? 비록 필요에 의해서 선인들에게 첩보원의 역할이 주어졌지만, 전부 다 첩보원으로 살 필요는 없어요."

정보원이 많으면 많을수록 나쁠 것은 하나도 없다. 하지만 필요한 정보를 얻기 위해서는 고급 정보에 다가갈 수 있는 사람이 필요하다. 양보다는 질에 투자하는 것이 외려 좋을 수도 있었다.

"정말이십니까?"

"네, 그러니 주저하지 말고 자신의 삶을 찾아도 돼요."

"아, 감사합니다."

마백수는 감동한 듯 눈가에 눈물이 그렁그렁 맺혔다.

백수는 새로운 꿈을 꾸는 사람들이 많은 것처럼 이야기했지만 막상 대찬의 허락이 떨어지고 적극적으로 자신의 이름을 되찾아 꿈을 향해 전진하는 사람은 소수에 불과했다. 나머지는 오히려 위장된 이름을 가지고 꿈을 찾았는데, 그들이 말하기를……

"새로운 삶을 살더라도 독립의 꿈을 이루기 전까지는 위장된 신분으로 살겠습니다."

필요에 따라 언제든지 첩보 활동에 참가할 수 있게 위장된 신분으로 살기를 주저하지 않은 것이다.

소식을 들은 대찬은 이들에게 깊은 감사를 느꼈다.

며칠 뒤, 조심스럽게 IRA와 선을 연결해 만남을 성사시킬 수 있었다.

아일랜드는 독립을 위해 무력이 필요하다는 사상이 이미 수 세기 전부터 있어 왔다. 이에 끊임없이 봉기하며 독립을 외쳤지만, 현재까지도 그 꿈을 이루지 못한 상태였다.

"반갑습니다. 마이클 존 콜린스Michael John Collins라고 합니다."

근엄한 외모와 앙다문 입술이 고집스러운 성격이라는 것을 알려 주기에는 충분한 외모였다.

"저 역시 반갑습니다. 존 D. 강입니다."

"영광입니다. 미국에서도 손꼽히는 부호와 만날 수 있어서요."

호의적인 태도. 그는 본능적으로 자신에게 득이 되는 상황이라는 걸 느끼는 것 같았다.

"그런데 켈트어로도 마이클인가요?"

"하하, 그런데 존 씨 역시 저와 똑같군요."

한국과 아일랜드 두 국가 모두 식민지였고 이름 역시 흔하게 통용되는 영어로 바꾼 상황을 빗대어 동지 의식을 느끼게 만들었다.

"사실 모국어로는 미할 숀 오 킬란Micheál Seán Ó Coileáin이라고 합니다."

"저는 강대찬입니다."

마이클은 어깨를 으쓱였다.

"그런데 이런 이야기를 하는 이유가 있습니까?"

"네, 아주 중요한 이유가 있습니다."

"뭡니까?"

"실례가 되지 않는다면, 아일랜드인이 영국에게 느끼는 감정에 대해서 이야기해 줄 수 있겠습니까?"

순간 마이클의 얼굴이 험상궂게 변했다.

"그 개자식들 이야기가 듣고 싶어서 저를 만나자고 했습니까?"

"아니요."

"그럼 뭡니까?"

"그저 알려 드리고 싶었습니다. 한인이 일본에게 느끼는 감정이 그와 똑같다는 것을요."

분노가 살짝 가라앉은 듯 했지만 기분 나쁜 표정은 전혀 변함이 없었다.

"그래서 도움을 드리고 싶습니다."

"무슨 말인지 알겠습니다. 그런데 도움을 주시겠다고요?"

대찬은 고개를 끄덕였다.

"이번에 영국과 척을 진 일이 있어서 복수를 좀 하고 싶은데 방법이 여의치 않네요. 그래서 제가 생각한 복수의 방법이 여러분을 통하는 것입니다."

"우리는 독립군이지 청부업자가 아닙니다! 독립을 쟁취하기 위해서 노력하고 있는데, 이 무슨 말도 안 되는 소리를 합니까?"

"죄송합니다. 제가 말실수를 했네요."

당장이라도 떠날 것 같던 마이클은 대찬의 사과에 일단 참아 보기로 결정했는지 살짝 떼었던 엉덩이를 내려놓았다.

"본론만 이야기하지요. 지원해 드리겠습니다."

"지원?"

"아무 조건 없이 충분한 자금을 이번에 한해서 지원해 드리겠습니다."

"얼마나?"

"1천만 달러."

"헉!"

IRA 역시 모금 활동을 벌이고 있었는데, 기존에 가지고 있는 이미지 때문에 성공적인 삶을 살고 있는 사람들은 많지 않았다. 그렇기에 한 번에 1천만 달러나 되는 자금을 마련하기란 쉽지 않은 일이었다. 더군다나 계속해서 무장투쟁을 하고 있는 상황, 1천만 달러는 심한 자금 갈증을 단번에 해결해 줄 수 있었다.

"조건은 지금 있는 일에 대해서 절대적인 비밀을 지키는 것입니다."

"좋습니다."

엄청난 자금이 강렬하게 풍기는 유혹은 쉽게 떨칠 수 없는 것이었기에 단번에 수락했다.

"그런데 이유가 뭡니까? 단지 영국과 척을 졌다는 이유로 그 많은 돈을 주시겠다는 겁니까?"

대찬은 대답 대신 미소만 지었다.

"마지막으로 같은 입장에선 사람으로서 꼭 독립을 성취해 내시길 바랍니다."

"감사합니다."

"그럼 이만."

대찬과 마이클은 악수를 하고 헤어졌다.

한편 영국은 끊임없이 성토 중이었다.

"이것은 전쟁 행위입니다!"

대상은 일본. 영국은 계획했던 계략대로 일본을 궁지로 몰기 위해 여념이 없었다.

"……."

반면 일본은 어떠한 대답도 하지 않고 묵묵부답으로 대응했다. 어떠한 대답을 해도 무단 침입이 아니라는 것을 증명할 수 없으니 답답했지만 듣고 있는 것 외에는 어떠한 행동도 할 수가 없었다.

"이 일을 어떻게 책임지실 겁니까? 자그마치 10만이라는 캐나다 국민이 죽었습니다!"

이러한 상황은 계속해서 일어났고 일본 대표는 굳은 표정으로 있었다.

'이런 뻔뻔한 놈들!'

사전에 모든 협의가 되었는데 이를 뒤집은 영국의 행태에 속에서 불이 났다.

"아직 본국에서 지시가 내려오지 않았습니다."

"흥! 이런 식으로 시간을 끌어 흐지부지할 생각 아닙니까?"

'이제는 캐나다 놈들까지?'

말리는 시누이가 더 밉듯 간간이 끼어들어 부아를 지르는 캐나다인이 더 거슬렸다.

"일단 오늘은 돌아가시는 것이 어떻겠습니까?"

영국인 대표의 부관이 적절하게 그만하고 떠날 것을 요청했는데, 이는 일본 대표의 시시각각 변하는 표정을 보고 결정한 것이었다.

"흠, 흠, 두고 볼 것입니다!"

"……알겠습니다."

떠난다는 말이 떨어지자 일본 대표는 반갑기보다 억울하고 분한 마음이 컸는데, 이제까지 한마디 말도 제대로 하지 못했기 때문이었다.

쾅!

그들은 떠나는 순간까지 신경을 긁고 떠났다.

"어휴, 당했군."

현재 일본에는 기존에 없던 반영파까지 생겼다. 이번 일을 제대로 짚고 넘어가야 한다고 주장하고 있었는데, 그들도 빠져나갈 구멍이 없다는 것을 잘 알고 있었다.

"걱정이군."

현재 가장 큰 문제는 영국과 캐나다가 이 일을 강화회의에서 적극적으로 이야기하고 소문을 내고 있다는 것이었다.

"옴쌀달싹 못하게 만들겠다는 것이겠지."

그는 이번 작전을 계획한 이들이 원망스러웠다.

계속되는 영국과 캐나다의 성토와 함께 여러 국가들이 사태를 관망하며 끼어들 구멍을 찾기 위해 혈안이 되어 갔다. 그러자 일본은 결국 영국과 협상에 돌입하게 됐다.

"1인당 5천 달러!"

말을 하고 능글맞게 딴청을 부리는 영국 대표를 보고 일본 대표는 화가 잔뜩 났다.

'5억 달러……'

절대 불가능한 금액이었다.

아무리 깎아도 절반 아래로 가기는 쉽지 않을 것이었으니, 최소 금액을 잡더라도 2억 5천만 달러였다.

'도둑놈들!'

"아국은 그렇게 부유한 국가가 아닙니다."

"그렇습니까?"

영국 대표는 부관에게 지시해 협상 테이블에 서류를 잔뜩 올려 일본 대표에게 보여 주었다.

"이번에 얻은 이익이 참으로 많더군요."

깐죽대는 그를 보며 이를 꽉 깨물고 넘겨준 서류를 검토했다.

'허, 이건 경제 상황이고 중국 이권, 한국 이권. 개자식들, 준비 단단히 했군!'

"이런 미개한 식민지에서 거둬들이는 수익이 얼마나 되겠습니까?"

"호오, 수익이 얼마 나지 않는 식민지라고요? 그렇다면 아국에게 현재 차지하고 있는 식민지를 넘겨주어도 별로 상관없겠군요. 좋습니다. 중국과 한국 식민지를 넘겨주시면 이번 일은 없던 것으로 하지요."

"무슨 말도 안 되는……."

만약 이 대화를 대찬이 알았다면 기를 쓰고 한국 식민지를 넘겨받는 조건으로 넘어갔을 것이다. 대찬이 가지고 있는 모든 자금을 투자해서 광복과 맞바꿀 수 있다면, 굉장히 후한 조건이었다. 하지만 애석하게도 이 대화는 비공개였고 대찬은 알 수도 없었다.

"그럼 어떻게 하시겠습니까? 1인당 5천 달러입니다. 그 정도 돼야 억울하게 죽은 캐나다인들의 가족들에게 보상이 되지 않겠습니까?"

"끄응……."

지루한 협상은 계속되었고 결국 1인당 3천 5백 달러를 지급하기로 결정이 됐다.

이번 일로 영국과 캐나다는 3억 5천만 달러를 분할하여 지급받게 되었는데, 이 모든 일은 특급 기밀로 처리해 비공식화하기로 했다.

사실 한국이 독립할 수 있는 가장 빠른 기회는 1919년 영국과 일본의 협상 때였습니다. 나홋카 학살로 가장 큰 이익을 만들어 낸 건 영국이었고 이 협상에서 일본의 식민지였던 한국을 넘겨 달라고 지나가는 말로 했었지요.

그런데 지금 생각해 보면 당장 3억 5천만 달러라는 거금을 만들어 낼 수 없었던 일본을 조금만 압박했다면, 한국을 받아 낼 수 있었을지도 몰랐던 상황입니다. 당시 상황은 모두가 일본을 주시하며 어떻게든 끼어들기를 바라고 있었기에 일본은 어떻게든 빨리 협상을 진행해서 모든 일을 마무리했어야 했으니 말이지요.

만약 그때 식민지였던 한국을 영국이 얻어 냈고 미스터 강이 대금을 지급해 한국이 광복을 맞았으면 우리가 아는 현재가 얼마나 바뀌었을까요?

-네이트 S. 린드만의 회고록 中

만세

"끄응······."

창밖에서 들리는 소리에 도통 업무에 집중할 수가 없었다.

"예상은 했지만······."

언제부턴가 대찬의 사무실 건물 밖에서는 시위가 일어났
다. 처음에는 소규모였던 것이 시간이 지나자 상당한 규모로
커졌고 창을 통해 간간이 들리는 소리에 신경이 쓰였다.

"좋은 소리도 한두 번이라는데······."

매일 들리는 욕설과 비방은 대찬을 지치게 만들기에는 충
분했다.

시위의 내용은 다양했다.

"자본주의의 탈을 쓴 사회주의자!"

"서부에 한인만을 위한 정책은 필요 없다!"

일일이 열거할 수 없을 정도로 기타 등등의 온갖 이유를 대며 불만을 표출했다.

그중에 가장 압권인 것은……

"미국을 떠나라!"

아무런 이유 없이 대찬이 그냥 싫어 떠나기를 촉구하는 이였다.

그동안 귀를 닫으며 참기 위해 노력했지만 슬슬 인내심의 한계에 다다르고 있었다.

'전화 한 통 할까?'

지금 일어나는 일들은 전화 한 통이면 쉽게 정리할 수 있다. 다만 그럴 수 있음에도 그러지 않고 있을 뿐이었다.

이유는 단 한 가지.

서부에서 가장 유명한 사람을 뽑으라면 단연 대찬을 제일 먼저 떠올렸다. 그렇기에 사람들이 각자 가지고 있는 긍정 혹은 부정적인 평가에 대해서 자유로울 수 없었다.

'그런데 부정적인 표현을 매일 듣고만 있어야 하니 힘든 것이지.'

매일 겪는 일이었지만 새삼스레 자신의 위치에 실감할 수 있었다.

"쩝, 하라지. 나는 내 길만 가면 되지."

속이 쓰렸지만 앞으로도 평생 짊어지고 가야 되는 문제이니 애써 평정심을 찾으려 노력했다. 그럼에도 불구하고 귓가에 울리는 소리는 거슬렸다.

'이사할까?'

접근하기 쉬운 곳에 사무실이 있다 보니 이런 일이 있는 것 같아 심각하게 사무실 이전을 고려했다.

"사장님."

고민을 멈추고 슬쩍 보니 무언가 건네주었다.

"캐나다에서 왔습니다."

"그래요?"

둥그런 통이었는데 뚜껑을 열어 보니 돌돌 말려 있는 종이가 보였다.

주저하지 않고 꺼내 펴 보니 무엇인지 한눈에 알아볼 수 있었다.

'잠수함.'

"그리고 여기."

짧은 메시지였다.

약속대로 설계도를 보냅니다.

대찬은 설계도를 다시 통에 넣고 뚜껑을 닫았다.

"채텀제도 연구소로 보내세요."

"알겠습니다."

덕원은 대찬이 지시한 일을 처리하기 위해 사무실을 나갔다.

'생각보다 빠르게 일 처리가 됐네?'

꽤 시간이 걸릴 것 같았는데, 생각보다 빠르게 설계도를 보내왔다.

'뭐지? 이렇게 친절한 사람들이 아닌데?'

무슨 일이든지 항상 난색을 보이고 딴죽을 걸거나 적당한 대가 없이는 잘 움직이지도 않았었기에 의아함이 가득했다.

'설마 지원회 때문에 그런 건 아니겠지?'

계획만 있다고 했지 확실하게 지원회를 만들겠다는 이야기는 하지 않았었다.

'뭐 상관없나?'

설레발치는 것까지 하나하나 신경 쓰고 싶지 않았다.

♣

합병당한 후 한반도는 일본의 무단통치에 신음하고 있었다. 학교에서 근무하는 교사들까지 군복을 입고 칼을 차고 다녔으며 헌병이 경찰 업무를 담당, 일체의 집회와 단체 운동을 엄금했다.

경제 사정 역시 좋아지지 않고 나빠져만 갔는데, 일본에서 쌀 폭동이 터지면서 이를 수습하기 위해 한반도에서 쌀을 퍼

갔고 부족한 식량 사정에 농민들의 불만이 더욱 고조되었다.

이런 가운데 전쟁이 끝이 났고 임시정부에서는 파리 강화 회의에 대표단을 보내기도 했다.

'각 민족의 운명은 그 민족이 스스로 결정하게 하자.'라는 민족자결주의가 알려지면서 두 번의 독립선언이 발표되기도 했다.

이러한 소식은 한인들에게 상당히 고무적인 일이었다.

그리고 이번에는 국내에서 독립을 위한 활동을 하려는 사람들이 움직였다.

이미 천도교는 오래전부터 동학농민운동의 연장선상에서 전 국민적인 독립운동을 준비하고 있었다. 처음에는 망국이 되어 버린 대한제국의 정치인들과 연대하려 했으나 이들 중엔 소극적이거나 거부하는 자들이 많았다.

이에 예수교와 불교를 끌어들여 연대하는 것으로 방향을 전환했다.

105인 사건으로 관서 지방의 예수교 사람들에게는 반일 분위기가 팽배했는데, 이승훈과 접촉하여 운동에 참여했다.

불교는 한용운을 중심으로 연대에 성공했다. 그리고 한용운이 유림과의 연대도 추진했지만 무산되었다.

운동을 준비하면서 천도교 대표인 손병희는 일본에 독립은 주장하는 건의문을 쓰려 했으나 최린의 강력한 주장으로 최남선의 독립선언서를 기초하여 선언문을 썼다. 이어 천도교에서 운영하는 인쇄소에서 독립선언서를 인쇄하며 준비에 박차를 가했다.

신철은 고등계 형사로, 불순한 무리가 움직인다는 제보를 받고 천도교의 인쇄소인 보성사普成社를 급습하였다. 그리고 수색하던 중에 잔뜩 인쇄되어 있는 종이 더미를 발견했다.

"이게 무엇이오!"

위풍당당하게 인쇄되어 있는 첫 문장.

독립선언서.

화들짝 놀라 물었다.

"그것이……."

"어떻게 하려고 이런 것이오?"

최린은 이왕 이렇게 된 것 설득하자는 마음을 가지고 당당하게 말했다.

"말 그대로 독립선언서요."

"허."

뻔뻔하지만 당당하게 말하는 최린을 보고 신철은 어이없다는 듯 허탈한 음성을 뱉었다.

"그대도 한국인 아니오?"

"……."

"부디 모른 척 넘어가 주시오."

"하지만!"

"우리 민족의 미래가 달린 일이오. 부디 며칠만 모른 척해 주시오."

"……."

"2천만 민족을 대신해서 부탁드리오."

신철은 뒤돌아섰다.

"난 모르는 일이오."

"고맙소!"

간신히 신철을 설득했지만 이대로는 발각될 것을 걱정한 이들은 처음 계획했던 3월 3일에서 이틀 앞당겨 1일에 하기로 거사를 앞당겼다.

다른 한편으로는 만세 시위운동의 구체적인 계획도 세우게 되었는데, 1일 오후 2시 탑골공원에서 운동을 일으키기로 했다.

하지만 박희도가 이곳에서는 폭력 행위가 일어날 수 있다고 지적했다. 민족 대표들은 다른 곳에서 독립선언을 하기로 결의했는데, 기생 요릿집인 태화관으로 장소를 옮기기로 결정했다.

3월 1일, 민족 대표 33인 중 스물아홉 명(길선주, 김병조, 유여대, 정춘수 제외)이 오후 2시 기생 요릿집 태화관에 모여 독립선언문을 낭독하고 축배를 들었다.

민족 대표들은 태화관 주인 안순환에게 조선총독부에 전화를 걸어 독립선언식을 열고 있다고 연락하게 했는데, 전화를 받고 일본 경찰 여든 명이 태화관으로 들이닥쳤다.

"만세!"

한용운의 선창으로 만세삼창 후에 이들은 일본 경찰에 연행되었다.

한편 탑골공원에선 민족 대표들의 갑작스러운 증발로 사람들이 당황하고 있었다. 학생 그룹에서 강기덕을 보내 민족 대표들을 찾아다니다가 그들이 태화관에 틀어박혀 있는 걸 알아냈다. 이에 시위 장소 변경에 대해 민족 대표들에게 항의하려 했으나 이미 일본 경찰들에게 자진신고까지 했다는 소식을 듣게 되었다.

학생 그룹은 그들로부터 독립선언서만 받아 내고 독자적으로 움직였다. 경신학교 출신 정재용이 독립선언서를 낭독하고 거리로 나가 만세 시위운동을 벌였다.

1. 우리는 이에 조선이 독립국임과 조선인이 자주민임을 선언한다. 이 선언을 세계 온 나라에 알리어 인류 평등의 크고 바른 도리를 분명히 하며, 이것을 후손들에게 깨우쳐 우리 민족이 자기의 힘으로 살아가는 정당한 권리를 길이 지녀 누리게 하려는 것이다.

2. 반만년이나 이어 온 우리 역사의 권위에 의지하여 독립을 선언하는 것이며, 이천만 민중의 정성된 마음을 모아서 이 선언을 널리 펴서 밝히는 바이며, 민족의 한결같은 자유 발전을

위하여 이것을 주장하는 것이며, 누구나 자유와 평등을 누려야 한다는 인류적 양심이 드러남으로 말미암아 온 세계가 올바르게 바뀌는 커다란 기회와 운수에 발맞추어 나아가기 위하여 이를 내세워 보이는 것이니, 이 독립선언은 하늘의 밝은 명령이며, 민족자결주의로 옮아가는 시대의 큰 형세이며, 온 인류가 함께 살아갈 권리를 실현하려는 정당한 움직임이므로, 천하의 무엇이든지 우리의 이 독립 선언을 가로막고 억누르지 못할 것이다.

"대한 독립 만세!"

시위가 시작되자 일반 민중까지 가세하여 덩치를 키워 갔고 열기가 고조되어 갔다.

시위대는 두 개로 나누어져서 한편은 보신각을 거쳐 숭례문 쪽으로 향했고, 다른 한편은 덕수궁 대한문 쪽으로 향했다. 그리고 한 바퀴를 돌아 다시 종로로 향하자, 헌병과 기마부대가 시위대를 폭압적으로 진압하려 했다. 그래도 민중은 물러서지 않았다.

거의 같은 시각에 평양, 의주, 선천, 안주, 원산, 진남포에서 만세 시위운동이 일어났다.

다음 날, 총독부는 전 병력을 동원해 만세 시위운동을 주도한 학생들과 시위 참가자들을 마구 연행했는데, 이날 하루에만 무려 1만여 명이 체포되었다.

그럼에도 불구하고 운동은 계속해서 전국에서 일어났는데, 이를 막기 위해 총독부에서는 굉장히 폭력적이고 과격하게 과잉 진압을 했다.

이에 대한 저항으로 헌병을 두들겨 패거나 경찰서 등을 파괴하는 식의 폭력적인 시위가 더해졌는데, 직접적인 불만이 많았던 농민과 노동자 들이 나서서 이번 기회에 보복하려는 마음도 적지 않았다.

한편 이 소식을 들은 연해주의 광복군은 기회라고 느꼈다.

"국내 진공을 합시다!"

국경선 역시 계속해서 일어나는 만세 운동으로 혼란스러움을 느끼고 있었다.

"하지만 문제가 있습니다."

"무엇을 말하십니까?"

"국경선 옆에서 버티고 있는 군대를 어떻게 할 것입니까?"

연해주에서 철수한 일본군은 멀리 가지 않고 가까운 데서 자리 잡고 있는 상황이었다. 그렇기에 쉽사리 움직일 수 없었다.

"그게 큰 문제가 되겠습니까?"

"그것 말고도 문제가 하나 더 있습니다."

이상설이 문제를 다시 한 번 제기하면서 주변의 시선을 모았다.

"우리가 국내 진공하는 모양새가 좋지 않습니다. 캐나다에서 무단 침입을 했다고 하면 어떻게 합니까?"

"우리는 캐나다인이 아니지 않습니까?"

"하지만 외부에서 보는 시선은 다릅니다. 이번 나홋카에 있었던 일로 우리가 캐나다인이 되어 버린 실정입니다."

영국과 캐나다가 일본에 배상금을 받아 낸 것은 캐나다인을 죽였다는 이유였다. 그러니 연해주와 사할린에 거주하고 있는 한인들은 전부 다 캐나다인이라는 공식이 성립되었다.

"우리가 신경 써야 될 부분이 아닌 것 같습니다."

"하지만 국제 관계상……."

"그런 것까지 일일이 신경 써서 언제 광복을 하겠습니까?"

"옳소!"

주변에서 동조하는 목소리가 커졌다.

국내 진공을 하자는 분위기가 만들어지자 이상설은 막을 수 없음을 느끼고 고개를 저었다. 그러다 안중근과 눈이 마주쳤다.

"이 일을 어떻게 생각하십니까?"

"우리 민족의 일인데 그저 보고만 있을 수는 없지 않겠습니까?"

"그럼 역시……."

"하지만 대규모로 들어갈 수는 없으니, 기존에 하던 대로 할 수밖에요."

"그럼?"

"소규모로 잘게 쪼개어서 진공해야겠지요."

"정 뜻이 그렇다면 더 이상 만류하지 않겠습니다. 다만 걱정이 됩니다."

"걱정하는 바는 알겠으나, 민중들이 들고일어났는데 광복군이 가만있는 것도 아닌 것 같습니다."

"어휴."

결국 광복군은 소규모 분대 단위로 잘게 쪼개어서 국내 진공을 하기로 했다. 그들은 철저히 위장하고 국경선을 넘기 시작했다.

♣

만세 운동이 시작되자 전국에서 너나없이 모두가 밖으로 쏟아져 나와 만세를 부르며 독립을 외쳤다. 이는 연해주라고 전혀 다를 것이 없었는데, 오히려 거칠 것이 없는 연해주였기에 그 규모가 상당히 컸다.

독립선언서를 외치고 난 후 자연스럽게 시가행진을 했다. 며칠이 지나 한반도 소식이 들어오자 시가행진은 시를 벗어나 한반도로 향하는 파도가 되었다.

그러나 이들이 국경선에 도착했을 때는 더 이상 전진할 수 없었다. 일본군이 미리 첩보를 통해서 국경선에 길게 참호를

파 놓고 대기하고 있었다.

"대한 독립 만세!"

적정선을 넘어가면 총알이 날아오니 넘어가지는 못했다. 그저 멀리서 만세를 울부짖는 것을 제외하고는 아무것도 할 수 없었다. 개중에 자신 있게 전진하는 사람들이 있었지만, 어김없이 날아오는 총알을 맞고 꼬꾸라졌다.

처음에는 자신들도 죽을 수 있다는 사실에 겁을 먹었지만 계속해서 반복되자 겁은 분노로 변했다. 그렇게 멀찌감치 떨어져 외치던 만세 소리가 조금씩 분노로 변해 갔다.

"갑시다!"

잔뜩 불거진 얼굴로 고향을 향해 전진하자는 제의가 곳곳에서 봇물처럼 터져 나왔다. 곧 사람들은 한 발자국씩 한반도를 향해 전진했다.

탕.

전진과 함께 일본군의 참호에서는 총을 쐈다.

그럼에도 불구하고 고향으로 향하는 발걸음은 멈출 생각이 없어 보였다.

"대한 독립 만세!"

망자가 되는 길을 맨몸으로 뛰어들었다.

이러한 모든 상황을 멀리서 지켜보는 사람이 있었다.

"제길!"

일본이 캐나다 영토를 무단으로 침입하고 영국이 공식적

으로 일본에게 항의하는 순간에 나홋카의 학살이 알려졌다. 그리고 사건에 관심을 가지는 사람들이 생겼는데, 영국의 기자 존 캔틀리는 그중에 하나였다.

모든 상황에 대해서 알고 싶고 제대로 된 현장을 취재하고 싶은 욕망에 망설임 없이 지구 반대편으로 왔으나 도착했을 때는 이미 나홋카의 처참한 현장은 정리가 되어 있었다. 그래서 그는 아쉬움에 떠나지 못하고 있었다.

그런데 3월 1일을 시점으로 분위기가 급격하게 바뀌는 것이 느껴졌고 원인을 파헤치기 시작했다.

사연을 하나씩 알게 되면서부터 복잡한 사정에 대해서 이해하기 시작했다. 그러다 사람들이 한반도를 향해 행진을 시작하자 추격하면서 모든 것을 지켜볼 수 있게 되었다.

"이건 학살이야!"

비무장인 사람들에게 거침없이 총을 쏴 대는 일본군을 보며 화가 치솟았다. 하지만 그러면서도 귀하게 구해 온 촬영기로 모든 것을 기록하고 있었다.

✦

대찬은 시시각각으로 전해져 오는 소식에 깊은 무력감을 느끼고 있었다.

'고종 황제가 이미 죽었기에 3.1만세 운동은 일어나지 않

을 것 같았는데…….'

무력 투쟁을 하며 때가 되면 국내 진공을 목표로 삼고 있었다. 이는 임시정부와 광복군 수뇌 역시 동의하는 바였기에 만세 운동이 일어나더라도 3월 1일에 있을 거라 생각하지 않았다.

'독립에 대한 열망이 터진 것인가?'

경술국치가 일어나고 햇수로는 10년이 지난 지금, 아주 간절한 마음이 터진 것만 같았다.

'진짜 걱정이네…….'

이번 일로 친일로 돌아서는 사람들도 많았다. 일본의 박해가 한층 더 심해지는 것을 이미 알고 있는 터였다.

'그리고 유관순.'

어리고 앳된 여성들의 대표로 알려진 유관순과 다른 여성들이 어떠한 일을 당하는지 자세하게 알고 있었기에 마음이 불편했다.

'마음 같아서는 당장 다 뒤엎고 싶은데…….'

당장 독립할 수 없고 이런저런 제약이 많은 것에 대해 불만이 한가득이었다.

"사장님!"

황급히 사무실로 들어온 덕원은 대찬이 반응을 보이기도 전에 종이 한 장을 건넸다.

국내 진공.

"헉!"
굉장히 짧은 내용이었지만 주는 충격은 컸다.
"그리고 여기."
뺏듯이 종이를 채 가 읽기 시작했다.

금산에게.

그 어느 때보다 가슴 뛰고 설레네. 이번에 광복을 할 수도 있
겠다는 막연한 생각이 들자 숨죽이며 기회를 기다리던 때보다
희망을 느끼네. 독립에 대한 열망이 우리를 이토록 바보 같은
생각을 하게 만들었는지도 모르겠네.

우리의 결정에 동의하지 않을 것을 알고 있다네. 하지만
우리 민족이 만들어 준 기회를 멀리서 지켜만 보고 피 흘리는
것을 외면한다면, 우리가 어떻게 민족의 군대라고 할 수 있겠
는가?

우려하는 부분을 알기에 군복을 벗고 부대를 소규모로 조각
조각 나누어 따로 길을 열어 진공하기로 했으니, 밖에서 보기
에는 그저 한반도 내부에서 일어난 일처럼 보일 것이네. 그러
니 외부의 눈에 대해서는 걱정할 것 없을 것이야.

지금 전국에서 일어나고 있는 만세 운동이 어떻게 끝이 날지
알 수는 없지만, 자국민을 지키지 못하는 정부와 군대는 이미

의미가 없다는 것을 알아주길 바라네.

  선택이 아닌 필수라고 말하는 안중근의 편지에는 그의 고민이 묻어 나왔다.

  '자국민을 지키지 못하는 정부와 군대는 의미가 없다.'

  이 말이 대찬의 심금을 울렸다.

  '독립은 멀고도 험한 길이네……'

  불나방처럼 불길을 향해 달려드는 것이 지금 광복군이 보이는 모습이었다. 그리고 본인들 역시 잘 알고 있었다. 하지만 외면하거나 멈출 수가 없었을 것이다.

  대찬은 깊은 무력감을 느꼈다.

  '많이 노력했는데 아직도 멀었어.'

  시간이 해결해 줄 것을 알고 있다. 그러니 기다려야 한다는 입장을 고수하고 있었던 것이다. 그런데 그럼에도 불구하고 피할 수 없는 것들이 있었고, 원만하고 원하는 대로 해결할 수 없으니 이제까지 해 왔던 것들이 보잘것없이 느껴졌다.

  '시련은 끊이지가 않네.'

  혼자서 어떻게든 바꿔 보겠다고 아등바등했고 많은 것을 이루어 냈다고 생각했지만, 조국 독립에 대해서는 항상 도돌이표였다.

  '중국 쪼개 놓고 러시아 쪼개 놓으면 뭐하나, 내 나라가 없

는데…….'

미래를 생각하면서 했던 일들이 이처럼 허무하게 느껴질 수가 없었다.

순간 드는 부정한 생각들에 화들짝 놀랐다.

찰싹.

양손으로 자신의 뺨을 때렸다.

"정신 차리자! 아자!"

이 정도로 좌절할 생각이었다면 애당초 시작조차 하지 않았을 것이었다.

'절대 꺾이지 않으리.'

다시 한 번 마음을 굳게 잡았다.

'지금 당장 해야 하고 할 수 있는 일이?'

가장 시급한 것은 일본의 학살을 막는 일이다. 인권 문제를 최대한으로 부각시켜야만 했다.

대찬은 옆에서 대기하고 있는 덕원을 쳐다봤다.

"지금 당장 국내에서 일어나고 있는 일을 각 언론사에 뿌려요."

"네?"

"한반도에서 어떤 일이 일어나고 있는지, 그리고 왜 그런 일이 일어났는지에 대해서 한인들에게 유리하게 언론을 조성해야겠어요."

"당장 시행하도록 하겠습니다."

나홋카의 학살로 일본의 이미지가 나빠져 있는 상황에서 비슷한 문제로 일을 크게 만든다면 일본도 외부 시선 때문에 그나마 행동에 제약이 걸릴 것으로 예상했다.

'당장 할 수 있는 것은 이런 것뿐인가?'

국가에 개인의 역량으로 영향을 줄 수 있는 것이 몇 가지 없었다.

따르릉.

"여보세요."

─날세.

"아, 어쩐 일이세요?"

최근에는 서로 일이 바빠 연락이 뜸했었다.

─어떻게 알았나?

"네? 뭐가요?"

─술 말일세.

"술이 왜……?"

속으로는 뜨끔했지만 설명해 줄 수는 없었다.

─자네, 모르고 있었나?

"앞뒤 다 자르고 말씀하시면 제가 어떻게 알겠어요?"

─음, 그래? 뭔가 개운하지는 않지만 넘어가도록 하지. 설명하자면 금주법이 통과가 안 될 것으로 예상했는데, 어찌 된 일인지 금주법이 통과되는 방향으로 흐른단 말이지. 그런데 자네 창고는 술로 가득하더구먼.

"아, 그거요? 식량이 남아돌아서 술로 만들어 놓은 거예요."

―하하하, 사실인가?

"네, 식량이 남아돌아서 그대로 두면 상할 것 같으니 보관하기 쉬운 술로 만들었죠. 그리고 술이라는 게 오래 묵을수록 값어치도 높아지니까요."

―그래? 그럼 의료용 딱지를 붙여 놓은 이유는 뭔가?

"그거야 판매처가 다양해지니 그랬지요."

―그렇구먼. 그럼 판매할 생각이 없겠구먼?

"네, 그런데 존의 말을 들으니 더 놔둬도 될 것 같다는 생각이 드네요."

―하하, 참 자네는 재주도 좋아. 무언가에 손을 대기만 하면 다 돈이 되는구먼.

"하하, 그런가요?"

―그런데 냉동차는 소식이 없구먼.

"아, 뭔가 문제가 있나 봐요. 우선순위로 두고 연구를 진행하고 있는데, 아직까지 소식이 없네요."

―그런가? 기대하고 있는데 연구가 더딘 편인가 보구먼.

"네, 그런데 조만간 개발 완료가 되지 않을까 싶어요. 그렇게 되면 식문화의 혁명이 일어나겠지요."

―식문화의 혁명이라…….

물고기를 구경할 수 없는 곳에서 물고기를 먹을 수 있고

식자재들을 싱싱하게 보관할 수 있게 되니 음식에 대한 관심
과 문화가 굉장히 발달할 것이다.

　-일단 알겠네. 그런데 서부에 이주민을 받지 않을 생각인
가?

　"받아야지요. 그런데 속도를 조절하고 싶어서요."

　-우려하는 바는 알겠지만, 슬슬 버거워하는 곳들이 보이더
구먼. 이대로 가면 자네 평판에 전혀 도움이 되지 않을 걸세.

　"이주민이 많나요?"

　-많은 정도가 아니라 아주 폭발적일세. 요즘 동부는 발 디딜
틈이 없더구먼. 뉴욕 도심에서 잠깐만 걸어 나가도 이주민들이
천막 치고 있는 것을 볼 수 있을 정도네.

　"그렇게 많아요?"

　-땅은 넓은데 인구수가 적으니 적극적으로 이주민을 받는
것도 있지만……. 자네도 알지 않나, 유럽 상황이 어떤지는.

　전쟁이 휩쓸고 간 뒤라 무언가를 할 수 있는 상황이 아니
었다. 복구하기에도 힘에 벅찬 상황이었다.

　"알겠어요. 생각해 볼게요."

　-음, 본의 아니게 부담 주는 것 같구먼.

　"아니에요. 어차피 해야 될 일이었는데요."

　-그래, 그래. 그리고 자네, 여기 한번 와야 될 것 같은데?

　"네?"

　-엠마가 아주 걸작을 만들어 놨네.

"그게 무슨 소린지?"

─하하, 아직 듣지 못했나 보구면. 우리 집 옆에 지은 자네 집 말일세.

"네, 그 집이 왜요?"

─도대체 언제 파티를 하느냐고 주변에서 성화네.

대찬은 싸한 느낌이 들었다.

"파티는 하면 되지요. 그런데 그 집, 느낌이 어때요?"

─응? 한마디로 표현할 수 있다네. 성.

"헉, 성요?"

─정말 몰랐나 보구면. 이런, 나는 절대 모르는 이야기네. 이만 끊네.

존은 자신이 할 말만 하고 끊어 버렸다.

"성? 성이라고?"

대찬이 생각하는 성은 작은 크기가 아니었다.

"덕원 씨, 차 대기시켜요!"

궁금함을 견디지 못하고 집으로 돌아갈 채비를 서둘렀다.

집에 도착하자 엠마가 아들을 품에 안고 대찬을 마중했다.

"우리 아들 잘 있었어?"

아들은 넘겨받아 간단히 인사를 나누고 유모에게 넘겨주었다.

"엠마, 이야기 좀 해요."

평소와 달리 품에서 금방 내려놓는 것을 보고 엠마는 눈치를 보기 시작했다.

"네? 무슨 이야기요?"

"이리 와요."

곧 바로 부부 침실로 이동했다.

"도대체 어떤 집을 새로 지은 거예요?"

단도직입적으로 물었다.

"아! 그거요? 난 또 뭐라고."

능청스레 응답하고 서랍을 열어 사진을 꺼냈다.

"여기요."

사진을 보는 대찬의 눈이 동그랗게 뜨였다.

"이게 집이에요?"

"네, 우리 집이에요."

집은 한 채가 아니었다.

"샌프란시스코에 하나 지었고 새한양에 하나, 마지막으로 뉴욕에 지은 것이에요."

샌프란시스코의 집은 한옥과 양옥의 퓨전으로 지은 집이었고, 새한양의 집은 궁이라도 불러도 손색이 없을 만한 한옥, 마지막으로 압권인 것은 뉴욕에 지은 집이었다.

"저 잘했죠?"

엠마는 칭찬해 달라는 듯이 대찬의 팔짱을 끼며 기쁜 표정을 지었다.

"끄응……."

복잡한 감정이 들었다. 으리으리한 집을 가지게 된 것에 대해서는 기뻤지만, 한편으로는 너무 과한 것이 아닌가 하는 생각이었다.

"엠마."

"네?"

"아무래도 나는 소인배인가 봐요."

"왜요?"

"꿈속에서나 나오는 집을 가지게 되어서 기쁘기도 하지만, 이런 기쁨과 행복을 느끼는 것이 한편으로는 두렵네요."

자격지심이었다.

"여보, 자신감을 가져요. 충분히 누려도 돼요. 그리고 많이 노력했어요."

엠마는 대찬을 다독이느라 여념이 없었다.

엠마는 처음 대찬과 결혼하는 것에 대해서 굉장히 거부감을 느꼈었다. 하지만 할아버지인 존의 강권으로 집에서 쫓겨나듯이 나왔고, 샌프란시스코에서 대찬을 처음 봤을 때 익숙하지 않은 피부색으로 얼굴이 구분이 되지 않을 정도였다.

원하지 않은 결혼.

하지만 대찬을 점점 알게 되면서 존과 비슷한, 점이 많다는 것을 느꼈다.

'새로운 제국의 주인.'

자신만의 제국을 만들어 가는 새로운 세력이었다. 그렇게 생각지도 않았던 대찬과 결혼에 대해서 깊게 생각하면서 점점 마음이 끌리게 되었다.

시작은 정략혼이었지만 어느 순간부터 로맨틱함을 느꼈고 두 사람은 연인이 되고 부부가 되었다.

그런 엠마에게는 불만이 하나 있었다.

'이 지독한 구두쇠!'

하루에 백만 달러 이상 벌어들이는 사람이 지출이라고는 조금도 찾아볼 수가 없었다. 그저 일하고 또 일하고, 반복적인 삶을 살면서 일 외에는 조금에 관심도 없었다.

최상류층에 살던 엠마에게는 하나부터 열까지 마음에 드는 구석이 없었다. 하지만 자신의 할아버지를 보면서 배운 그대로 자수성가한 사람의 특징이라 생각하고 차분히 기다렸다.

아니나 다를까 기다리자 기회가 왔다.

"집안일에 대해서 마음껏 운영해 봐요."

기다리고 기다리던 이 한마디 말에 엠마는 속으로 환호했다.

'미국에 새로운 명문가를 만들겠어!'

엠마의 기존 성씨였던 록펠러를 대신한 자리에 강이라는 성씨가 자리 잡고 있었다.

회의실에는 회사의 중역들이 가득했다.

한 달에 한 번은 정기적으로 대회의가 열렸는데, 이를 통해 여러 가지 의논이 오가고 사업의 방향이 가닥을 잡았다.

"건설 회사는 어떤가요?"

질문에 프랭크가 답했다.

"굉장히 호황입니다. 더군다나 한옥의 느낌이 더해져 굉장히 독창적인 외관이 나오기 때문에 반응도 호의적입니다."

"건축물의 유행은요?"

"조금씩 고층 빌딩에 대해서 욕구가 늘고 있는 것 같습니다."

대찬은 고개를 끄덕였다. 이때부터 더 높게 더 화려하게 건물을 짓는 것이 유행하기 시작했는데, 엄청난 호황으로 낙관주의가 팽배해지고 넘치는 부로 인해 화려한 것을 요구했다.

"좋아요. 대신에 안전에 대해서 철두철미하게 신경 쓰세요."

"물론입니다."

"그리고 한 가지 더. 건물의 내진 설계에 대해서 연구해 보세요."

"지진 말입니까?"

"네, 몇 년 전에 이곳에서 지진이 나 큰 피해를 입은 것을 기억하고 있어요. 그러니 지진이 나더라도 끄떡없는 건물에 대해서도 연구해 보세요."

"알겠습니다."

"다음 가전제품은 어떤가요?"

"내수 시장이 굉장히 활성화되었습니다. 물량이 부족해 공장을 확장했습니다. 지시하신 대로 색채 회사와 협조하여 색상에 대한 차별화함은 물론이고 디자인을 개발해 신제품을 내고 있습니다."

"반응은 어떤가요?"

"확실히 화려한 색상이 많이 판매됩니다."

"프랭크."

"말씀하십시오."

"내부 구조와 인테리어도 신경 쓰고 있지요?"

"모델하우스를 대상으로 실험, 연구하고 있습니다."

각 회사를 따로 운영하지만 기본적으로 대찬의 소유 회사였기 때문에 서로 협조하고 같이 연구, 개발하는 것이 굉장히 활성화되었다. 이는 대찬이 가장 강력하게 지시하는 방침이었는데, 회사 내에 커뮤니케이션을 활발하게 이용하여 서로에게 도움을 주어 상생하게 하는 것이었다.

그러다 보니 현장에서 실시간으로 올라오는 보고서도 바로 응답할 수 있게 되었다. 이를 위해서 회사마다 커뮤니케

이션 센터를 만들어 파견하는 등 직접적이고 빠른 대화를 할 수 있게 만들었다.

다른 회사의 정보를 쉽게 얻을 수 있다 보니 어떤 회사가 얼마나 벌었는지도 알 수 있었는데, 이를 통해 긍정적인 경쟁 구도도 만들어 낼 수 있으니 약간 새는 정보가 있더라도 실보다는 득이 많았다. 어차피 진짜 중요한 기밀은 외부로 새지 않게 특별하게 관리하니 그다지 걱정스러운 일도 아니었다.

"좋아요. 더 할 말 있는 분 있나요?"

준명이 손을 들었다.

"생산되는 식량이 엄청납니다. 이에 대해서 해결책이 있어야 할 것 같습니다."

"아, 식량. 생각이 있습니다. 걱정하지 않아도 될 것 같군요."

금주법 통과가 확실해 보이는 지금, 식량으로 술을 만들기에는 세간에 눈이 너무 신경 쓰였다.

'기존에 만들어 놓은 게 많으니 상관없기도 하고.'

"더 이상 없나요?"

눈을 맞춰 가며 더 이야기할 사항이 없는지 물었다.

"없는 것 같습니다."

"좋아요. 그럼 정기 회의는 이것으로 마치지요."

회의가 끝나고 단체로 자리를 옮기자 식사가 준비되어 있었다. 이 또한 정기 회의의 뒤풀이로 하는 행사였는데, 간부들은 이 시간을 항상 즐겼다.

"하하하, 그래서⋯⋯."

여기저기서 농담과 재미있는 이야기가 즐비했고 즐거운 시간이 이어졌다.

"대찬아, 식량은 어떻게 하려고? 응? 솔직히 쓸데없잖아."

"그렇기는 하지."

"버릴 수도 없고 말이지?"

"맞아."

"그럼 필요한 사람에게 팔거나 줘 버리면 되지."

"뭐라고? 그럼 적자잖아."

"필요한 사람에게는 판다니까."

"그럼 줘 버리는 것은 뭔데?"

"이주민."

"아! 그런데 그렇게 하면 서부에 이주민이 너무 많이 오지 않을까?"

"굳이 서부에서 줄 필요 없잖아?"

"좋아, 알겠어. 그런데 그렇게 하면 식량 가격이 폭락할 건데, 이건 어떻게 할 거야?"

전쟁 중에 대찬에게 가장 큰 수입원이 되었던 것은 전투식량이었다. 그리고 대찬뿐만이 아니라 미국에 있는 어느 곡물 회사든지 전쟁 특수로 돈을 많이 벌었다. 이 말은 우후죽순으로 생긴 곡물 회사들로 인해 전쟁이 끝난 지금 과잉 공급이 될 것이고, 언제든지 농업경제에 큰 타격을 줄 것이라는 뜻이었다.

"어차피 곡물 가격은 몇 년 내로 폭락할 건데."

"너도 잘 알겠지만, 너로 인해서 폭락하는 것과 자연스럽게 폭락하는 것에 대해서는 차이가 크잖아."

대찬은 준명의 말에 눈이 커졌다. 자신의 말을 이해하지 못해서 반문할 것이라 생각했는데, 모든 상황을 이해하고 거기에 일어날 일까지 예상한 것이 신통방통했다.

'확실히 대표 자리는 딱지치기로 따는 게 아니구나.'

생각보다 엄청 성장한 준명을 보고 내심 감탄을 터트렸다.

"설마 내가 직접적으로 준다고 생각한 것은 아니겠지? 가뜩이나 나를 사회주의자라고 분류하는 사람들이 적지 않은 판국에 말이야."

"그럼 어떻게 하려고?"

"기부해야지."

"아!"

쓸모없고 처리하기 곤란한 식량을 정부에 기부해 버림으로써 대찬은 기부자로서 명성이 생길 것이고 정부는 필요한 곳에 식량을 제공할 수 있으니 좋았다.

"그럼 내년 식량은 어쩌려고?"

"그것도 다 생각이 있어."

"알겠어. 에잇, 내가 고민할 필요도 없었네!"

준명은 투정부리며 자신의 앞에 놓인 밥을 크게 떠 입안으로 넣었고 대찬은 그 모습에 폭소했다.

♠

곳곳에서 만세 운동이 일어났다. 일본은 총을 쏘거나 무차별 폭행 혹은 묻지 마 체포 등 모든 수단을 동원해 진압하기 위해 여념이 없었다.

평안북도 정주군 곽산의 한 교회를 중심으로 시작한 만세 운동은 점차 그 규모가 커지게 됐는데, 그 수가 수천 명이나 되었다.

탕!

총소리와 함께 맨 앞줄에 서서 시위하던 사람이 피를 뿌리며 쓰러졌다.

"무장을 하지 않은 사람을 쏘다니!"

박지협朴志協은 눈에 불을 켜고 고래고래 소리를 질렀다. 그럼에도 불구하고 헌병과 경찰 들은 아랑곳하지 않고 계속해서 총을 쐈다.

"대한 독립 만세!"

한인들이 대응할 수 있는 최선의 방법이라고는 만세를 부르며 한 발자국씩 전진하는 것뿐이었다.

"빠가야로! 저 앞에 주동하고 있는 자가 누군가?"

"박지협이라고 합니다. 예전부터 반란 행위로 주시하고 있는 자였습니다."

"그래? 저놈부터 쏴라!"

"하!"

명령받은 헌병은 침착하게 조준하고 박지협을 노렸다.

방아쇠에 손가락을 걸치고 침착하게 당겼다.

탕!

총소리와 함께 헌병의 머리가 터져 나갔다.

"대한 독립 만세!"

만세 소리와 함께 무차별적인 총격이 가해졌다. 그런데 이제까지와는 반대로 헌병과 경찰 들에게 총알이 쏟아졌다.

"우와아아아!"

흥분한 군중은 빠르게 헌병들에게 다가갔다.

이러한 상황은 곽산에서 일어나는 시위에 대치하고 있는 모든 일본군들에게 동시다발적으로 일어났다.

"광복군이다!"

상황을 파악한 박지협은 광복군이 나섰음을 알고 크게 환호했다.

"일제를 몰아내자!"

진압하지 못한 시위는 곽산 전체로 퍼졌고, 얼마 지나지 않아 곽산은 작은 독립을 맛보게 됐다.

그리고 이 소식은 빠르게 경성에 있는 총독부로 전해졌다.

"칙쇼! 부관!"

"하!"

"연해주 국경선에 있는 부대에 곽산 진압 명령을 전해라!"

"하!"

총독부의 명령에 연해주 국경선을 지키던 부대의 절반이 곽산을 진압하기 위해 움직였다.

다른 지역에서는 곽산의 일이 전해지자 한층 더 과격하게 시위를 했는데, 믿는 구석인 광복군이 이미 한반도에 침투하여 같이하고 있다는 믿음 덕분이었다.

이제 독립을 위한 시위는 격렬하기 그지없었다. 특히 평안남도 사천에서는 곽산 시위가 일어나기 며칠 전 크게 시위가 일어났는데, 개신교 목사 한예헌韓禮憲과 천도교 교구장敎區長 이진식李鎭植, 최승택崔承澤, 김병주金炳疇 등의 주도로 만세 운동이 일어나자 일본 헌병대는 시위 군중에 대한 무차별 총격을 가해 군중을 학살했다.

그러나 시위 군중은 학살에도 불구하고 시위를 계속하여 헌병 주재소에 불을 지르고 헌병 두 명을 타살打殺했다. 이에 보복으로 헌병들은 더 많은 사람들을 죽였고 체포하였다.

그러던 중 광복군 소식을 듣게 되자 불만이 쌓였던 자들은 곽산으로 향하기 시작했다.

곽산에서는 독립을 해냈다는 기쁨에 잔치가 벌어졌다. 하지만 광복군을 이끌고 있는 창수는 마음이 편치 않았다. 온전한 독립이 아닌 잠시 잠깐의 시간이라는 것을 알고 있었기 때문이었다.

"이러면 안 됩니다."

"무엇이 안 된다는 것입니까?"

"빨리 여기를 떠나야 합니다. 이대로 있으면 모두 다 죽습니다!"

"허, 그것이 무슨 소리요?"

"광복군은 헌병들이 민족들을 죽이지 못하게 하기 위해서 온 것입니다. 아직 광복이 된 것이 아니라는 말입니다."

창수는 돌아가는 상황에 대해서 제대로 이해하고 있었다. 정말 광복하기 위해서 국내 진공을 했다면 자신은 제대로 된 군복을 입고 있을 것이고, 국경선부터 차근차근 점령해 가며 전쟁을 수행했을 것이다. 하지만 이번 국내 진공은 철저하게 게릴라였다.

"그러니 제발 여기를 떠나십시오."

"고향을 두고 어디를 간단 말이오?"

"연해주로 가시면 되지 않겠습니까?"

"연해주라……. 그럼 고향은 누가 지킵니까?"

경기도가 고향인 창수 역시 무척이나 고향에 가고 싶었고 가능하다면 고향에서 살고 싶었다. 그렇기에 박지협의 말에 잠시 말문이 막혔다.

아메리칸
드림

"······그래도 가셔야 합니다. 여기 있으면 죽습니다."

"걱정해 줘서 고맙게 생각하고 있소."

박지협의 시선은 군중에게 향했다.

"저 모습을 보시오. 이게 나의 고향 아니겠소? 하하."

경사가 난 듯 흥겨운 모습을 보면서 한참을 웃었다.

"나는 여기를 떠날 수 없을 것 같소."

말을 마치고는 이내 군중 속으로 파묻혔다.

"······."

창수는 떠나기를 거부하는 박지협과 곽산의 주민들을 설득할 수 없음을 느꼈다.

'여기가 무덤이 되겠네.'

연해주를 떠나오기 전 안중근의 훈시가 떠올랐다.

"자국민을 지키지 못하는 정부와 군대는 의미가 없다."

씁쓸하지만 한편으로는 기쁜 마음이 들었다.

창수는 고민에 휩싸여 있었다.

훈시와는 별도로 몇 가지 명령을 받고 곽산에 왔는데 해결할 방법이 보이지 않았던 것이다.

첫째, 주민들을 최대한 대피, 연해주 이주를 권할 것.

둘째, 작전이 끝남과 동시에 작전지역에서 벗어날 것.

셋째, 무슨 수를 써서라도 살아서 복귀할 것.

즉, 광복군의 국내 진공의 가장 큰 목적은 예상되는 일본의 잔학한 학살을 방지하자는 측면이 강했다.

"연해주로 가야 합니다!"

박지협의 고집을 어떻게든 설득하기 위해 노력했지만 요지부동이었고 시간이 갈수록 곽산에 합류하는 사람들은 늘어만 갔다.

"소대장님, 어떻게 합니까?"

명령대로라면 이미 떠나고도 남았을 시간, 하지만 이대로 떠난다면 또다시 몇만 명이 학살될 것은 자명했다.

"……연해주로 가겠다는 사람들은?"

"절반도 되지 않습니다."

"가겠다는 사람은 일본군이 오기 전에 이동해야 된다."

"알겠습니다. 그럼 먼저 보내겠습니다."

"그리고 자네들도 같이 가게."

"네? 그럼 소대장님은?"

"하하, 걱정하지 않아도 돼! 나, 이창수야! 평양에서도 살아서 복귀했어!"

채응언 의병장 구출 작전에서 끈질긴 일본군을 따돌리고 복귀한 일을 들먹이며 자신감 있는 모습을 보였다.

"하지만……."

"이건 명령이야!"

"알겠습니다."

부하들은 그가 명령을 들먹이자 마지못해 대답하고는 떠날 준비를 서둘렀다.

아메리칸
드림

"소대장님, 그럼 연해주에서 뵙겠습니다."

"좋아, 나중에 보지."

적지 않은 사람들이 꼬리에 꼬리를 물고 일본군을 피해 떠
나기 시작했다.

"자네는 왜 떠나지 않나?"

"하하, 여기 있는 사람들 다 데리고 떠나야지요."

"쯧쯧."

박지협은 혀를 찼다.

"왜 생목숨을 버리려고 하나?"

"저도 똑같은 질문을 하고 싶군요."

"고집? 아니야. 오기지, 오기."

"무슨 말씀인지 모르겠습니다."

"저기 남은 사람들을 보게."

박지협이 가리킨 사람들을 보자 대부분이 갓을 쓰고 담담
하게 평소처럼 지내는 것 같았다.

"죽을 작정인 게야."

"그게 무슨 말이십니까?"

"나를 포함해서 멍청한 사람들이지. 나라가 이렇게 된 것
을 죽음으로 책임지겠다는 것이네."

"네?"

"경술국치 이후로 양반들이 어떠한 행동들을 가장 많이 했
는지 아나?"

"······잘 모릅니다."

"자살이야. 현실을 부정하고 외면해 버린 채 죽음을 택했다네."

허탈한 한숨을 내뱉었다.

"그럼 또 도망가는 것입니까?"

"······아마도 그럴 것이야."

말을 마친 박지협은 등을 돌렸다. 그 등 뒤로 창수가 말했다.

"사람들을 모아 주실 수 있겠습니까?"

"······좋네."

창수의 제안에 곽산에 있는 교회에는 서 있을 자리도 없을 만큼 많은 사람들이 모였다. 시끄러울 것 같지만 외려 굉장히 차분했다.

"안녕하십니까? 광복군 소속 이창수라고 합니다."

모든 시선이 집중되었다.

"저는 여러분에게 한 가지 제안할 것이 있습니다. 다 같이 연해주로 가 주셨으면 합니다."

"가지 않겠소."

말이 끝나기가 무섭게 거절의 반응이 나왔고 이에 동조하듯 여러 가지 말이 나왔다. 이에 창수는 손을 들어 좌중을 진정시켰다.

"참, 무책임하십니다. 이대로 세상을 떠나시면, 후손들이 무엇을 보고 배우겠습니까?"

"그게 무슨 소리요!"

"말 그대로입니다. 10년이란 세월을 참다가 이제 지치고 힘들고 현실을 바꿀 수 없으니까 눈앞에 뻔히 보이는 죽음을 택해 현실을 외면하려는 것 아닙니까?"

"무책임이 아니라 책임을 지는 것이오!"

"궤변입니다! 만약 그 말이 맞는다면 임시정부와 광복군은 무엇을 위해 아등바등 버티며 끝까지 저항하기를 주저하지 않는 것입니까? 우리의 제일 첫 번째 구호가 무엇인지 아십니까?"

"알고 있소. 끝까지 살아남는 자가 승리자다."

대찬이 안중근에게 구호를 적어 보냈고 그 이후로 광복의 날까지 사수하겠다고 다짐한 구호는 이미 널리 알려져 있는 상태였다.

"맞습니다! 똑같은 목표에 똑같은 마음을 가졌는데, 승리의 길을 위해 나서지 않고 왜 여기서 주저앉아 모든 것을 포기하려고 하십니까?"

"……."

"그러니 얼마나 무책임합니까?"

창수는 양손을 들어 보였다.

"똑같은 손이 있습니다. 그리고 무기만 있다면 언제든지 적을 향해 총을 쏘고."

다음은 입을 가리켰다.

"입이 있으니 옳은 소리, 가장 큰 소원인 광복, 대한독립을 외칠 수 있습니다. 하지만! 이대로 죽는다면 아무것도 할 수가 없습니다. 그냥 이대로 포기하시겠습니까?"

"그래서 어떻게 하자는 말이오?"

"다 같이 연해주로 가자는 겁니다."

"간다고 무엇이 달라지겠소?"

"최소한 무언가를 해 볼 수는 있지요."

이제야 웅성거리며 갑론을박하기 시작했다.

"그리고 여러분이 꼭 연해주에 가셔야 하는 이유가 있습니다."

"그게 뭡니까?"

"여러분이 연해주로 이주하고 임시정부와 광복군에 합류하면, 국내에 뜻있는 사람들 혹은 활동을 하다 위험한 상황이 된 사람들은 연해주를 떠올릴 것입니다."

한반도에서 독립 활동은 점점 위축되고 위험해지고 있었다. 그리고 시간이 더 지난다면 탄압할 것이 분명했다. 그런 사람들이 도피처로 연해주에 올 것이고, 그만큼 임시정부와 광복군은 힘을 얻게 될 것이었다.

"가야겠지요?"

"하지만 조상들의 땅을 쉽게 떠날 수가……."

"광복을 맞이하는 순간 다시 돌아올 것입니다. 언제까지

저 간악한 일제가 우리를 지배할 것이라 생각하십니까? 지금과 똑같은 시련이 이전에도 있었지만, 우리 민족은 해냈습니다!"

"좋습니다! 갑시다!"

"아!"

기쁨의 탄성이 터져 나왔다.

그때부터 사람들은 떠나기 위한 준비를 시작했다. 떠나지 않겠다는 사람들도 있었지만, 그럴 때면 여러 사람이 붙어 어떻게든 진심 어린 설득을 했다. 광복을 위한 간절한 바람을 외면할 수 있는 사람이 많지 않았다.

며칠에 걸려 순서대로 연해주로 탈출을 서둘렀지만 늦은 감이 없지 않았다. 그사이 일본군이 도착해서 포위망을 형성했던 것이다.

연해주로 떠나려는 자들과 일본군의 대치.

"이번 반란 주동자를 데려오라!"

일본군은 노발대발하며 박지협을 내놓으라 요구했다.

"그는 이미 떠난 지 오래요."

사람들은 군중 속에 박지협이 있다는 사실을 숨겼다.

"칙쇼! 그를 체포하기 전까지 아무도 여길 떠날 수 없다!"

"억지 부리지 말고 길을 열어 주시오!"

이윽고 몸싸움이 일어나기 시작했다.

탕.

총소리와 함께 모든 행동이 멈췄다. 양측 모두 놀라 아무런 소리도 나지 않았다.

"이런!"

누군가 분노하는 소리에 불을 붙였다.

"대한 독립 만세!"

탕탕탕.

일방적인 공격과 함께 피를 뿌리며 쓰러지는 사람들.

일본군은 다시 한 번 학살을 재현하려는 듯 무자비하게 총을 쐈다.

"으아악!"

"도망가!"

고통스러운 소리와 함께 대응할 방법이 전혀 없는 사람들은 총알을 피해 대피하기 바빴다.

"제기랄!"

창수는 몸을 숨기고 자신의 무기를 꺼내 대응 사격을 했다. 하지만 전투를 수행할 수 있는 수가 현격히 차이가 나 총을 쏘는 창수를 발견하고 집중적으로 사격을 실시했다.

'아, 내 운이 다했나 보네.'

절망적인 상황.

그렇지만 웃음이 났다.

"하하하."

뿌우웅.

미친 듯이 웃고 있는 창수에게 화답이라도 하듯이 멀리서
나팔소리가 울렸다.

창수의 눈에는 멀리 깃발이 보였다.

하얀 바탕에 진하게 칠해져 있는 한 글자.

蔡.

임시정부

채응언의 의병들은 한반도 깊은 곳에 숨어 지내면서 의병 활동을 지속적으로 하고 있었다. 그러다 사천의 만세 운동 소식을 듣고 느낌이 좋지 않아 바로 움직였는데, 이미 때가 늦은 상태였다. 사천 근처에서 첩보를 들으니 일본군이 자신들 쪽으로 움직이고 있었다. 그래서 이번에는 빠져나갈 구석이 없다는 것을 느끼고 최후의 결전을 준비하고 있었다.

"화려하게 산화하리라."

굳게 결의를 하고 마지막을 준비하고 있었는데, 일본군의 움직임은 예상과는 다르게 곽산을 향했다.

"무슨 일인지 알아보라."

사태 파악을 위해서 급하게 정보를 수집하니 곽산을 향해 움직이고 있었다.

채응언은 결단을 내렸다.

"곽산 주민들을 구하자!"

눈에 띄지 않게 산에서 산으로 이동하니 시간이 걸렸지만 사천과 같은 일을 만들지 않겠다는 일념으로 멈추지 않았다.

마침 도착하니 총소리가 들렸다. 무슨 일인지 알아보기 위해 바로 정찰을 지시하려던 찰나 총소리가 끊임없이 들려왔다.

"이런, 나팔을 울려라!"

뿌웅.

그러고는 산꼭대기에 깃발을 올렸다.

일본군은 주민들을 포위하기 위해 넓게 포진되어 있는 상태였는데, 그렇기에 벽을 두껍게 만들지는 못했다. 더군다나 뒤에서는 치를 떠는 채응언이 나타난 상황, 지휘관은 어떻게 할지 판단을 내려야만 했다.

"병력을 물린다!"

곽산을 일거에 쓸어버리려던 계획을 중단시킬 수밖에 없었다.

특히 깃발까지 세우고 정면으로 공격하려는 의병대의 모습에 병력이 많다는 생각을 했고 이를 갈았다.

"후퇴!"

본격적인 교전이 일어나기 전에 일본군은 위치의 불리함

을 탓하며 철수했다.

일본군이 철수한 자리에는 두 사람이 손을 붙잡으며 해후를 나눴다.

"의병장님, 오랜만입니다."

"하하, 창수 자네, 살아 있었구먼!"

"운이 좋았습니다. 그런데 병력이 많은 것 같습니다?"

"아, 병력 말인가? 기껏해야 백 명 정도네."

"네? 그럼 나팔 불고 깃발을 세운 것은?"

"위장술이라네."

"하하, 그럼 일본군은 지레 겁먹고 달아난 겁니까?"

"그만큼 겁쟁이들이지, 하하."

위장술이 통했던 이유는 가장 두려워하는 대상 중에 하나가 채응언이었기 때문이다. 신출귀몰하여 어디에 나타날지도 몰랐고, 그 병력이 얼마나 되는지도 알 수 없었다. 어느 날은 몇천이라는 소문이 돌았고 어느 날은 몇백이라는 등 갖가지 소문으로 그 실체를 정확하게 파악할 수 없었다.

"사람들을 대피시켜야 하겠지?"

"맞습니다. 그런데……."

"음, 사람이 너무 많아."

"방법이 없겠습니까?"

"나만 믿으시게."

채응언은 사람들을 나누어서 배치하고 의병들을 붙여 사

방으로 찢어져 이동하는 계획을 세웠다. 어떤 이들은 산으로, 또 다른 이들은 북으로, 서로 자잘하게 나누어서 마지막에는 연해주에서 보기로 했다.

후퇴를 한 일본군은 재정비 후 전투를 준비했는데, 기다리는 채응언의 의병대가 오지 않자 정찰을 했다. 그러나 이미 흔적도 없이 사라진 뒤였다.

이에 할 수 있는 최선으로 군데군데 검문검색을 강화했는데, 의병대가 주요 이동 경로로 선택한 길이 주로 산이었기에 발견하여 추적하더라도 소규모 전투에 빈번히 당했다.

일본군은 자연스럽게 이동의 최종 목적지가 연해주라는 것을 알게 되었다.

"국경선 방비를 강화하라!"

아무도 통과하지 못하게 국경을 강력하게 봉쇄했는데, 그럼에도 불구하고 어느 누구도 잡지 못했다.

이유가 있었다.

"오호! 언제 이런 길을 마련해 두셨습니까?"

"시간이 오래 걸렸지만 안전한 활동을 위해 만들어 두었다네."

채응언의 신출귀몰한 방법 중에 하나를 알게 된 창수는 연신 감탄했다.

"땅굴이라니요. 절대 일본군은 알지 못할 것입니다."

"국경 감시가 너무 심해 궁여지책으로 나온 방법이라네. 하지만 이 길은 앞으로 못 쓰거나 쓰게 되더라도 당분간은 못 쓰겠구먼."

채응언은 일이 늘었다고 툴툴거리며 창수와 함께 사람들의 안전한 이동을 위해 바깥을 감시했다.

"감사합니다."

"자네가 감사할 게 무언가? 당연히 해야 할 일인데."

"그런데 정말 광복군에 합류하지 않으실 겁니까?"

"또 그 소린가?"

창수는 계속해서 광복군에 합류하여 크게 활동하는 것을 권했다.

"이번에 보셔서 아시겠지만 너무 중구난방식입니다. 확실하게 일원화해서 조직적으로 움직일 필요가 있지 않겠습니까?"

"흠, 생각해 보겠네."

나홋카의 학살과 만세 운동을 벌이면서 이어진 학살은 일본이 얼마나 큰 조직으로 움직이는지 느끼게 했다. 그에 반해 한인들은 너무 작고 소규모였고 원활한 대화가 이루어지지 않아 피해를 크게 입었다. 그걸 보면서 이제는 크게 움직여야 된다는 사실을 점점 깨달아 가고 있었다.

"한국어는 통일성이 부족합니다."

매튜는 난감하다는 표정을 지으며 성토했다.

"도대체 뭐가 문제입니까?"

"한글로 적혀 있는 기존에 서적을 보시면……."

들고 온 책을 펼쳤다.

"이렇게 세로로 쓰여 있습니다."

말을 마치고 종이에 글을 적기 시작했다.

"이걸 우리가 읽기 편한 방식으로 바꾸면 이렇게 가로로 쓰는데……."

띄어쓰기가 없었다.

일자로 줄줄이 붙어 쭉 써 갔는데, 알아보기가 힘들었다.

"확실히 알아보기가 힘드네요."

고개를 끄덕였다.

'한자와 혼용해서 쓰는 버릇이 있어 놔서 띄어 쓰는 법이 없었지?'

고서적에 있는 한글들은 대부분 한자를 보조하는 용도로 쓰였다. 더군다나 한자는 뜻 문자여서 의미만 명확하게 전달하면 되었기에 굳이 띄어쓰기가 필요하지도 않았다.

"방법이 필요합니다."

"알겠어요. 해결책을 찾아보도록 하지요."

아메리칸
드림

"네. 그리고 한 가지 더 부탁드릴 것이 있습니다."

"뭔가요?"

이번에는 다른 고서적을 펼쳐 보였다.

"무엇인지 아십니까?"

한글과 굉장히 비슷한 문자였다.

"한글과 비슷하네요."

"맞습니다. 한글의 원형으로 파악되는 문자입니다. 가림 토문 혹은 녹두문자라고 합니다."

"아, 알 것 같습니다. 현재 한글은 과거 문자를 모방하여 만든 글자라고 어설프게나마 기억하고 있습니다."

"그러시군요. 여기 보시면 이 글자들이 굉장히 닮았습니다."

"닮다니요?"

"가림토문은 38자로 구성되어 있습니다. 근데 몇 가지 글자가 영어와 굉장히 닮았습니다. 예를 들어 X, M, P, H 등 알파벳과 유사한 글자가 있습니다."

"그런데 현재 쓰고 있는 한글도 굳이 비교하자면 알파벳과 비슷한 글자들이 꽤 있습니다."

"아닙니다. 제가 그 정도 때문이라면 이렇게 흥분해 가면서 말하지도 않습니다. 이걸 보십시오."

곧바로 가림토 문자 서른여덟 가지를 보여 주었다.

"이 글자!"

영문으로 P라고 생각해도 전혀 이상하지 않을 정도였다. 그제야 대찬은 매튜가 왜 이렇게 흥분하는지 알 수 있었다.

'그냥 얻어걸린 거 아니야?'

"박사님의 말은 무슨 뜻인지 알겠습니다. 새로운 발견이라 흥분하시는 것은 알겠는데, 이게 왜 그렇게 중요한지는 모르겠네요."

"사장님이 역사에 관심이 많은 줄 알았는데, 고대 문명에 대해서는 관심이 전혀 없으시군요."

매튜의 말에 대찬은 말문이 막혔다.

'고대 문명에 대해서 깊게 배운 적이 있어야 말이지.'

회귀 전 교육 시스템은 본인이 관심을 가지고 찾지 않으면 굉장히 단편적인 지식만 가르쳤다. 고대 문명이라고 해 봐야 고조선을 비롯해 어떠한 나라가 있다. 딱 이 정도 수준에 그쳤기에 모든 것은 대입 성적 우선이었기에 역사란 암기만 하고 지나갔다.

"제가 무지한 소리를 했나 보네요. 차분히 설명해 주시겠습니까?"

그제야 매튜는 얼굴이 밝아지며 입을 열었다.

"제가 이 글자에 이렇게 열광하는 것은 알파벳보다 역사가 더 깊기 때문입니다."

"네? 얼마나?"

"추정하기를 알파벳보다 가림토문이 천 년 정도 더 오래

되지 않을까 싶습니다. 그런데 알파벳과 비슷한 글자가 있습니다. 그러니 알파벳과 어떠한 상관관계가 있지 않을까 예상하게 되었고, 비슷한 글자가 또 있나 싶어 알아보고 있습니다. 현재는 일본의 신대문자가 모양이 비슷하더군요."

"아! 문자의 역사군요."

"정답입니다!"

싱글벙글하며 문자의 역사에 대해서 침을 튀겨 가며 역설하기 시작했고, 대찬은 그것을 한참이나 들어야만 했다.

"……해서 한반도에 있는 가림토문으로 된 서적들을 구하고 싶습니다."

"그렇게 하도록 하지요. 곧 예산을 정해서 집행해 드리겠습니다."

"감사합니다. 하하, 요즘처럼 즐거울 때가 없습니다."

가벼운 발걸음으로 매튜는 떠났고 대찬은 머리를 짚었다.

'가볍게 설명해 주면 얼마나 좋아?'

학자를 만나면 항상 이것은 어떻고 저것은 어떻고 말했는데 잘 이해가 되지는 않았다.

'그리고 요즘은 더해!'

현실주의를 펴낸 후에는 대찬을 학자로 보는 사람들이 생겼는데 매튜도 그런 사람들 중에 하나였다.

'입만 열면 아주!'

어렵고 어렵게 그리고 더 세세하게 설명하는데, 듣는 내내

곤혹스러웠다.

"일거리를 늘려 줘야 돼! 덕원 씨!"

"부르셨습니까?"

"고서적에 예산 집행해 줘요. 그것도 많이!"

"알겠습니다. 그런데 어떤 서적을 구하면 되겠습니까?"

"고대 문명과 가림토문 그리고 그와 관련된 모든 서적."

"알겠습니다."

'이제 당분간 괜찮겠지?'

연구할 서적을 잔뜩 안겨 줌으로써 어려운 분야는 피하고
싶었다.

'그리고 그다음에 정리된 역사를 다시 배우자고!'

이미 여러 가지가 연구되고 진상 규명을 하면서 자신이 알
고 있는 역사가 틀렸음을 알았다. 그 부분에 대해서 다시 숙
지하는 것은 대찬의 또 다른 숙제였다.

"도대체 어디까지 왜곡해 놓은 거야?"

대찬은 회귀 전 한 가지 의문이 있었다.

―내가 알고 있는 역사가 과연 진짜일까?

조선총독부의 민족 문화 말살 정책으로 분서갱유를 시작
으로 성씨를 바꾸고 오로지 일본인으로 살게 만들려 했던 일
본이다. 이에 한번은 진지하게 고민했었는데 정답이 없었다.

아메리칸
드림

이유는 딱 한 가지였다.

알 수 있는 방법이 없었다.

하지만 지금은 확실히 알 수 있었다.

'최대한 역사를 지켜야 돼!'

더군다나 문화 말살의 선봉에 섰던 사이토 마코토가 조선 총독부의 총독으로 부임했다는 소식이 들렸다.

–우리 일본은 한국민에게 총과 대포보다 무서운 식민 교육을 심어 놓았다. 장담하건대 한국민이 제정신을 차리고 옛 영광을 다시 되찾으려면, 백 년이라는 세월보다 훨씬 더 오래 걸릴 것이다. 그리고 나는 다시 돌아올 것이다.

갑자기 이 말이 떠오른 대찬은 화가 잔뜩 났다.

'이번에는 절대로 안 돼!'

다시 깊게 다짐했다.

며칠이 지났다. 대찬은 한글 사용 통일에 대해서 굉장히 고민했다.

"확실하게 정해야 하는데, 이미 주시경 선생님은 돌아가셨고⋯⋯."

연구할 학자를 제외하고도 필요한 것이 있었다.

"훈민정음을 구해야 하는데⋯⋯."

구해야 했고 구해서 상하지 않게 보관해야 한다는 마음은 가득했으나 행방이 묘연했다.

"방법이 없나?"

해결책이 생기지 않아 속만 답답하게 타들어 갔다.

"이제까지 그렇게 많은 서적들을 구했는데, 어떻게 그 사이에 조선왕조실록이라든지 훈민정음 같은 진짜 귀한 보물들은 없는지."

대찬은 간송 전형필이 부러웠다.

"인연이 닿아야 되는 건가?"

그렇다고 인연이 생기길 기다리며 마냥 손가락 빨고 기다릴 수도 없는 노릇이었다.

머리를 굴리고 굴려도 한반도와 선이 닿아 있는 사람에게 의뢰하는 것이 최선이라는 생각이 들었다.

"어서 오세요."

"금산 선생님, 오랜만입니다."

"네, 명건 씨, 오랜만입니다."

"오늘은 무슨 일로?"

"부탁할 것이 있습니다."

"무엇이든 말씀만 하십시오."

"아직 국내와 선이 많이 닿아 있지요?"

"물론입니다."

"몇 가지 구해 주셨으면 해요."

"무엇을 구해 드리면 되겠습니까?"

"가장 시급한 것은 훈민정음입니다."

"훈민정음? 쓰고 있지 않습니까?"

"아, 세종대왕 시절에 만들어진 훈민정음 해례본과 예의본을 구하고 있습니다. 그런데 쉽지가 않군요."

"그것만 구하면 되겠습니까?"

명건은 굉장한 자신감을 보였다.

"그리고 조선왕조실록도 구할 수 있으면 좋겠군요."

"노력해 보겠습니다."

대찬이 생각해 낸 가장 확실한 방법은 명건을 통해 의뢰하여 훈민정음에 현상금을 거는 것이었다.

명건은 한반도와 미국의 사이에서 밀수를 중개하고 있었는데, 본인은 미국에 있지만 한반도 사정에도 빠삭했다.

"부탁해요."

훈민정음과 조선왕조실록에 각각 현상금을 10만 달러를 걸었고 가능한 최대한 빨리 구해 달라 부탁했다. 그리고 매튜가 부탁한 한반도 고대 문명에 관한 서적과 가림토문 서적도 부탁했는데, 신임 총독 사이토 마코토가 분서갱유를 하기전에 구할 수 있는 한 최대한 고서적들을 구해야만 했다.

"이제 남은 건 언어학자인데."

가장 필요했던 주시경은 세상을 떠난 상태였으니 다른 사람들로 이를 대신해야 했다.

"덕원 씨!"

"네."

"주시경 선생님 제자들을 수소문해서 여기로 초빙해 주세요."

"응하지 않을 경우 어떻게 할까요?"

"음, 이렇게 답하세요. 민족의 언어를 바로 세우자고요."

지역과 출신에 따라 방언을 썼다. 이제까지 중요하지 않게 넘어갔지만, 이제부터는 통일된 표기법이 필요했다.

–문명 강대국은 모두 자기 나라의 문자를 사용한다.

주시경 선생님은 이렇게 말했다.

"또 세심하게 챙겨야 될 게 있나?"

혼자서 챙기고 생각하는 것에는 한계가 있었다.

"누군가 챙겨 주는 사람이 있었으면 좋겠는데……."

미처 생각하지 못하고 넘어가는 것이 있으면 나중에 후폭풍이 매서울 것 같았다.

"이럴 때는 역사학자가 옆에서 조언해 주면 얼마나 좋을까?"

사업도 커지고 이리저리 신경 쓸 부분이 많아졌기에 아쉬움이 컸다.

"그래서 안 된다는 겁니까?"

"죄송합니다."

연신 고개를 숙이며 죄송하다고 보고를 하고 있었다.

"그래도 연구는 계속해서 진행하세요."

"알겠습니다."

사내는 힘없는 발걸음으로 대찬의 사무실을 나갔다.

"어휴."

한숨이 나왔다.

"쉬운 일이 없네."

기술이 부족해 기름을 장기적으로 보관할 수 없다는 보고를 받았기 때문이었다.

전쟁을 수행하기 전에 물자를 비축해 둘 생각을 했기에 최재형에게 은밀하게 숨은 기지를 만들어 달라 부탁했다. 이제는 준비된 곳에 차곡차곡 비축해 둘 생각을 했는데, 불가능하다는 소리를 들었다.

"몇 달은 괜찮을지 몰라도 몇 년, 몇십 년은 무리라고……."

이 이야기를 듣고 비축은 하되 오래된 기름을 소비하여 일정량의 기름을 꾸준히 비축할 생각도 했지만, 이 역시 무리였다.

'저장을 하게 되면 엄청난 양이 될 텐데 그걸 어떻게 소비해. 마땅히 쓸데도 없을 건데…….'

한창 개발 중인 잠수함이 진수하게 된다면 어느 정도 소비하게 될 것이지만, 대찬이 그린 그림으로는 기름을 제대로 사용하지 못할 것 같았다.

'비축하는 것은 문제가 안 되는데, 제대로 사용하지 못하는 것이 문제네?'

방법이 없는 것은 아니었다.

'플라스틱이 있으면 딱인데.'

하지만 아직까지 미래에서 보던 플라스틱은 만들어지지 않았고 그저 흔하게 볼 수 있는 플라스틱은 셀룰로이드가 전부였다.

1907년에 리오 베이클랜드가 개발한 베이클라이트라는 합성수지 플라스틱이 특허등록이 되었지만, 이 역시 기름을 밀봉하는 통으로 사용하기에는 맞지 않았다.

'다른 플라스틱이 필요한데.'

딱히 방법이 없었다.

"좋아, 만들자!"

필요하지만 없으니 만드는 방법 외에는 없었다. 대찬은 즉시 냉매를 연구하던 연구소에 신소재 개발을 지시했는데, 베이클라이트를 예로 제시했고 석유를 오랫동안 밀봉해서 보관할 수 있는 소재라고 못 박았다.

"빨리 개발됐으면 좋겠네."

석유의 장기 보관 때문에 개발을 지시했지만 일단 개발
이 되면 플라스틱의 사용처는 많았으니 이 또한 기대가 되
었다.

"사장님."

"왜요?"

"사모궁에서 연락이 왔습니다. 방문해 달라고 하십니다."

"무슨 일 때문에요?"

"황태자 전하 일이라고 합니다."

"언제요? 지금요?"

"그런 말은 없었고 빠르면 좋다고 하셨습니다."

"차 대기시켜요."

대찬은 무슨 일인지 알 것 같았다.

'이야기가 빨리 진행되나 보네?'

생각보다 러시아의 행동이 재빨라서 놀랐다.

차를 타고 한참을 가서야 도착한 곳은 사모궁이라는 현판
이 걸려 있었다. 대찬이 지어 주기는 했으나 처음 방문해 보
는 것이었는데, 새한양에 세운 경복궁에 비할 바는 아니었지
만 궁이라는 이름이 붙을 정도의 규모는 되었다.

'이야.'

사모궁 정문에 도착하자 대찬은 살짝 놀랐는데, 입구를 지
키는 사람들이 있었기 때문이었다.

"정지!"

절도 있게 외치고 다음 질문을 했다.

"뉘시라고 아뢰오리까?"

"강대찬입니다."

"아!"

사전에 이야기가 되어 있었는지 바로 대문을 열었다.

"헐."

문이 열린 그 안의 광경은 신세계였다.

어디서 구했는지 모두 관복을 입고 생활하고 있었다.

"나리."

카랑카랑하지만 약간 힘 빠진 목소리.

'내시?'

대찬은 말로만 들었지 처음 보았다.

"안내해 드리겠습니다."

익숙하지 않은 상황에 정신이 없었지만 따라가다 보니 어느 장소에 도착했다. 내시는 곧 다른 이에게 귓속말을 했다.

"전하, 강대찬이 도착하였나이다."

"들라 하라."

대찬은 뭔가에 홀린 듯 댓돌 위에 신을 벗어 놓고 어리둥절한 채 건물로 들어섰다.

"어서 오시오."

이은이 대찬을 반갑게 맞이했다.

아메리칸
드림

"익숙하지 않은 상황에 놀란 것 같소?"

"처음 경험했기에 놀랐습니다."

"하하, 금산이 이렇게 당황하는 것은 흔하지 않은 일이니 진귀한 모습이오."

"하, 하. 그런데 어떻게 된 것입니까?"

"아, 내관들과 상궁들 말이오?"

"네, 생각하지도 못했습니다."

이은은 고개를 끄덕였다.

"황가의 소식을 들었는지 하나둘씩 사모궁으로 오게 된 것이 지금은 백 명도 넘는다오. 그리고 궁이 좁아 얼마 전에는 증축까지 했소."

"그런데 급히 보자 하셨다고 들었습니다."

"맞소이다. 지금 러시아에서 손님이 오셨는데, 지금 별관에 머무르고 있소. 그 전에 일단 나와 해야 될 일이 있소."

"그게 뭡니까?"

"따라오시오."

건물을 벗어나 익숙하게 안내를 했다. 그사이 이은이 지나갈 때면 마주한 사람들이 공손하게 인사를 했는데, 대찬에게는 인상적인 광경이었다.

'이게 드라마가 아닌 현실이라니.'

온몸에 털이 바짝 섰다.

"아뢰게."

"폐하, 황태자 전하께서······."

"휴."
불편한 자리가 끝이 났다.
'사모궁에 있을 줄이야.'
생각지도 못했던 순종과 만남은 대찬의 정신을 빼놓기에
충분했다.
"금산, 또 만날 사람이 있소."
"그렇습니까?"
이제는 지쳐 집에 돌아가고 싶은 마음이 컸지만, 사모궁을
방문한 목표가 러시아 대표와 이야기를 나누기 위해서였다.
두 사람은 내관의 안내를 받아 요리조리 움직여 따로 놓여
있는 별관에 도착할 수 있었다.
"어라?"
대표라고 했기에 남성일 거라 생각했는데 뜻밖이었다.
"올가 니콜라예브나 로마노바입니다."
"아, 존 D. 강입니다. 만나서 영광입니다."
서양 예법에 맞게 올가의 손등에 키스했다.
"예상 밖이었나 보군요?"
"맞습니다. 저는 이바노프 경을 다시 보게 될 거라 생각했
습니다."
"이바노프 경은 파리에 갔어요. 그래서 제가 대신 오게 된

거랍니다."

"그랬군요. 그럼 혼인에 관해서 전적으로 권한을 가지신 겁니까?"

"물론이죠. 제가 당사자인데요."

'당사자라고?'

대찬이 알고 있는 지식으로는 러시아 황가의 여성들은 러시아를 벗어나지 못하고 무조건 자국의 귀족들과 혼인했다. 그렇기에 세 번째 황녀와 혼인을 하게 될 것이라 생각했었는데, 장녀인 올가가 혼인의 당사자라 말해 놀라움이 컸다.

"아, 그럼?"

"맞아요. 남편 되실 분도 궁금했고, 아국의 정치 상황이 안정적이지 못해 가장 예를 표할 수 있는 제가 왔습니다."

'만만치 않겠네.'

이번 만남이 표면적으론 혼인 전 조율처럼 보이겠지만, 사실 동맹을 굳건히 하고 얼마나 지원해 주며 어떠한 방향으로 미래를 계획할 것인지를 대화하는 자리였다.

"일단 두 분 혼인을 축하드립니다."

"고마워요."

"자, 그럼 이야기를 진행하지요. 혹시 단도직입적인 것을 좋아하실까요?"

"보기보다 호방한 성격이신가 보네요. 좋아요."

"무엇을 원하십니까?"

포장하는 말을 일절 쓰지 않고 원하는 것을 물었다. 당장 급한 것은 한인이 아닌 내전 중인 러시아였기에 이럴 수 있었다. 그리고 대찬은 순종과 나누었던 대화로 몹시 피곤한 상태였기에 어서 돌아가고 싶은 마음에 말을 빙빙 돌리고 싶지 않았다.

"얼마나 해 줄 수 있나요?"

"전지전능한 힘을 찾으신다면 신을 찾는 게 빠를 것 같습니다."

"신을 믿지만 당장에 도움이 될 것 같지는 않네요."

단도직입적으로 이야기하자 합의를 했지만 두 사람 사이에 기 싸움은 팽팽했다.

"인력은 제공할 수 없습니다."

기 싸움을 지속하고 싶지 않은 대찬은 가장 피하고 싶은 것을 이야기했다. 인구수를 늘리기 위해 지원까지 하고 있는데, 타국 전쟁에 소중한 인구를 줄이는 악수를 두고 싶지 않았다.

"아쉽네요. 광복군의 능력이 좋다고 들었는데요."

어깨를 들썩이는 행동을 취한 뒤 다시 입이 열렸다.

"그렇다면 아국에서 원하는 것은 두 가지예요. 자금과 식량."

'예상대로네.'

러시아에서 가장 필요한 것은 전쟁을 수행할 수 있는 인력

이었는데, 최근 전쟁이 끝나고 초토화된 유럽에서 일자리가
필요한 이들을 꽤나 끌어들였다. 그러니 당장 그들에게 지급
할 자금과 먹일 수 있는 식량이 필요했다.

대찬은 슬며시 미소 지었다.

"원래 지참금은 신부가 주는 것으로 알고 있습니다."

"물론이에요. 하지만 신랑도 신부 집에 들어가기 전에 돈
을 주어야 한답니다."

두 사람의 대화 내용을 풀면 이랬다.

'주는 것 없이 얻어 가려고만 하는 것 아니냐?'라고 대찬이
물은 것이었고 올가가 '원하는 것을 얻으려면 먼저 대가를
치러야 한다.'라고 답한 것이다.

"무엇을 주시려고 합니까?"

"호호, 성격이 급하시네요?"

이제는 말을 돌리고 있었다.

'이 결혼, 해야 하나?'

슬슬 짜증이 나려던 찰나에 한 가지 떠오르는 생각이 있었
다.

'우랄산맥!'

개발하기는 힘든 지역이었지만 성공만 한다면 쉽게 석유
를 구할 수 있었다.

"제 제의는 이렇습니다. 원하시는 것을 제공해 드리지
요. 대신 귀국의 영토를 개발할 수 있는 권리를 주셨으면

합니다."

"전 지역을 말인가요?"

"우랄산맥이면 됩니다."

"그곳은 반군 지역이에요."

"알고 있습니다. 이 조건은 전쟁에서 승리하는 날 이행하면 됩니다. 그리고 그 외에 탐사해서 개발할 수 있는 몇 번의 권리를 주셨으면 좋겠습니다."

올가는 골똘히 생각에 잠겼다.

'당장은 우랄산맥을 포기하고 러시아 땅에서 어떻게든 석유를 찾아내서 기찻길을 깔고 운송하면 되겠지?'

본격적으로 무기들이 발전하는 시기였다. 특히 기계류를 운용하기 위해서는 상당한 연료가 필요했다. 당장 물자 비축을 할 수 없으니 최대한 가까운 곳에서 안정적으로 물자를 충당할 수 있는 방법이 필요했는데 마침 생각이 났다.

'운이 좋아.'

당장 자금과 식량을 지원해 주더라도 가치가 높은 유전을 소유하는 것이 훨씬 더 이익이었다.

"좋아요."

올가는 나쁘지 않다 생각했는지 얼마 지나지 않아 긍정의 응답이 떨어졌다.

"협정서 작성하시죠."

혼인 동맹으로 이루어진 협정서에는 우랄산맥의 개발 권

리가 쓰였다. 일단 개발을 하면 지분은 절반씩 나누어 갖기로 했고, 이외에 다른 지역의 탐사와 개발을 할 경우 스무 곳을 허락해 준다는 내용도 썼다. 이는 러시아가 내전이 끝나고 이후 30년까지 유효하다고 적었다.

반대로 대찬은 2억 달러와 함께 매년 식량을 지원해 주는 것으로 명시했다.

며칠이 지나 협정서 초안이 작성되었다. 이어 두 진영의 사람들이 조율해 가며 최종 협정서가 만들어졌고 체결되었다.

2억 달러라는 큰돈을 지출하게 됐지만 오히려 대찬은 희희낙락했다.

'러시아한테 빨대 꽂았다!'

우랄산맥을 개발하고 30년 동안 벌어들일 수익이 오히려 현재 투자하는 금액을 훨씬 상회할 것을 알고 있었기 때문이었다.

그 모습을 보고 올가의 표정이 이상해졌다.

"왠지 손해 보는 느낌이네요."

'표정 관리 좀 할까?'

러시아를 쪽쪽 빨아먹을 기분 좋은 상상을 하다 보니 표정에서 나타났다. 갑자기 정색하는 것은 누가 봐도 이상하니 다른 방법을 취했다.

"하하, 그저 너무 큰돈이 나가는 것이 허탈해서 그러는 겁니다. 벌기 쉽지 않은 돈이지 않습니까?"

"그런가요? 이상하네요. 아무리 봐도 기분 좋은 표정이었거든요."

"기분 탓일 겁니다. 저는 속상해 죽겠습니다."

"흐응……."

"그나저나 두 분 혼인은 언제 합니까?"

"제가 러시아로 갔다 돌아오는 즉시 할 거예요."

"생각보다 빠르네요."

"협정서에도 명시되어 있지만, 혼인을 해야 협정서의 효력이 발동하니까요."

비공식적인 협정서이다 보니 불안한 마음이 컸는지 러시아 측에서 넣기를 희망한 항목이었다.

"그럼 다음 결혼식 때 뵙죠."

올가는 인사를 하고 사모궁을 떠났다.

1919년 3월 당시 천안군 목천면에서는 이종성李鍾成 등의 주동으로 3.1 만세 운동에 호응하는 만세 시위운동을 계획했으나 사전에 구금당해 실행하지 못했다.

그런데 유중권은 포기하지 않고 운동을 계획, 주선해 3월 9일 밤 교회 예배가 끝난 뒤 마을 속장 조인원趙仁元, 지역 유

아메리칸
드림

지 이백하李伯夏 등 20여 명이 모인 자리에서 운동에 가담해 줄 것을 설득했다. 이때 유중권의 딸 유관순은 사촌 언니와 함께 그 자리에서 경성의 상황을 설명하였다.

이어 4월 1일(음력 3월 1일) 아우내 장날을 기해 만세 시위를 전개하기로 하고, 안성, 목천, 연기, 청주, 진천 등의 마을 유지와 유림계를 규합하기 위해 함께 인근 지역을 돌아다니며 주민들을 상대로 시위운동 참여를 설득했다.

4월 1일 수천 명의 군중이 모인 가운데 조인원의 선도로 시위가 시작되자, 시위대는 독립 만세 시위를 벌였다.

"대한 독립 만세!"

유관순은 자신의 부친이 총격을 당했음에도 불구하고 굴하지 않고 만세를 울부짖었다. 그리고 그 옆에서 남동순 역시 목이 찢어져라 만세를 불렀다.

한참을 시위하다 유관순과 남동순은 시위의 주동자로 순사에게 체포되었다.

아버지 유중권과 어머니 이소제 그리고 딸 유관순.

부모는 현장에서 총에 맞고 칼에 찔려 숨졌으며 딸은 체포되었다. 그리고 그다음엔 가족이 살고 있던 집에 불을 질렀다.

"네가 미성년자임을 감안해 범죄를 시인하고 협조한다면 선처해 주겠다."

유관순은 눈을 부릅뜨고 말했다.

"나라를 되찾겠다는 열망이 범죄라는 당신의 말에 동의할 수 없다. 나는 정당한 행동을 했고, 그것은 범죄가 아니니 시인할 것도 없다."

이날부터 고문이 시작됐다.

처음에는 폭력이었지만 1심 재판에서 소요죄 및 보안법 위반죄로 징역 5년을 선고받은 유관순은 이에 불복해 항소하였다.

6월 30일 경성복심법원.

유관순은 한국 침략을 규탄, 항의하면서, 조선총독부 법률은 부당한 법이며 그에 따라 일본 법관에 의해 재판을 받는 것은 부당함을 역설하였다.

"제 나라를 되찾으려고 정당한 일을 했는데 어째서 군기를 사용하여 내 민족을 죽이느냐? 왜 제 나라 독립을 위해 만세를 부르는 것이 죄가 되느냐? 평화적으로 아무런 무기를 갖지 않고 만세를 부르며 시가를 행진하는 사람들에게 무차별 총질을 해 대어 아버지, 어머니를 비롯하여 무고한 수많은 목숨을 어찌 저리도 무참하게 빼앗을 수 있느냐? 죄가 있다면 불법적으로 남의 나라를 빼앗은 일본에 있는 것이 아니냐? 입이 있어도 말을 할 수 없으며, 귀가 있어도 들을 수 없으며, 눈이 있어도 볼 수 없는 이 지옥 같은 식민지 지배에 죄가 있는 것이 아니냐? 자유는 하늘이 내려 준 것이며, 누구도 이것을 빼앗을 수는 없다. 무슨 권리로 신성한 인간의

아메리칸
드림

권리를 빼앗으려 하느냐? 나는 죄인이 아니오. 그리고 나는 우리나라가 독립하는 순간까지 죽는 한이 있더라고 만세를 부를 것이오. 나는 대한의 백성으로서 마땅히 해야 할 일을 했을 뿐인데 당신들이 나를 죄인으로 몰고 있을 뿐이오. 나는 도둑을 몰아내려 했을 뿐이오. 당신들이 남의 나라를 빼앗았는데 도둑이 아니고 무엇이란 말이오."

그럼에도 불구하고 역시 똑같은 죄목으로 징역 3년을 선고받았고 유관순은 상고를 포기했다.

시련은 끝나지 않았다. 잔혹한 고문이 계속 이어졌기 때문이었다.

머리에 콜타르를 발라 가발 벗기듯 머리 가죽을 통째로 벗겨 냈으며, 펜치로 손톱과 발톱을 강제로 뽑았고, 위와 호스를 직접 연결시켜 뜨거운 물, 변, 칼날 등을 강제로 투입하였다. 면도칼을 이용해 귀를 깎아 냈고, 입에 물을 계속 넣어 칠공에서 물이 나왔으며, 달군 쇳덩이를 음부에 집어넣는가 하면, 같이 투옥되어 있는 독립운동가들을 모아 앞에 세워둔 다음 칼로 양쪽 가슴을 도려냈다.

이걸로 끝이 아니었다.

유관순은 결국 1920년 9월 28일 열여덟 살의 나이에 세상을 떠나게 되었다.

사인은 무차별 성폭행으로 인한 자궁 파열.

시신은 자궁과 방광이 파열된 중상이었다. 머리와 몸통 사지 등이 여섯 토막으로 잘려 있었고 코와 귀는 존재하지도 않았다.

사망 소식을 접한 이화학당의 미스 프라이와 미스 월터가 형무소장에게 시신을 인도 요구했는데, 그가 말하기를…….

"시신의 상태에 대해서 왈가왈부하지 않는 것이 좋을 것이오."

그는 조건을 붙이며 마지못해 석유 상자에 담아 넘겨줄 뿐이었다.

내 손톱이 빠져나가고 내 귀와 코가 잘리고
내 다리가 부러져도 그 고통은 이길 수 있사오나
나라를 잃은 그 고통만은 견딜 수가 없습니다.
나라에 바칠 목숨이 하나밖에 없는 것이
이 소녀의 유일한 슬픔입니다.

그녀는 이 말을 남기고 떠났다.

6월 28일 프랑스 베르사유 궁의 거울의 방에서 강화회의 협정서를 만들었고 드디어 조약식을 행하게 되었다.

조약 장소가 베르사유 궁인 것은 프랑스의 강력한 요구 때문이었는데, 1870년 프로이센-프랑스 전쟁에 패배한 것에 대한 수치심을 씻어 버릴 수 있는 기회였다.

1871년 1월 18일에 베르사유 궁전의 거울의 방에서 프로이센이 전쟁의 종전을 선포하고 독일 제국의 황제로서 빌헬름 1세의 대관식까지 열었는데, 프랑스가 40여 년 전의 치욕을 갚을 목적으로 이 장소를 선택한 것이다.

조약은 총 440개 조항으로 되어 있었는데, 영토, 정책·정치 및 외교, 군, 경제, 마지막으로 식민지까지 다루었다. 조항 중 231개는 독일과 그의 동맹국들이 전적으로 전쟁에 책임이 있다는 것을 나타냈다.

이를 통해서 체코슬로바키아와 폴란드의 독립이 규정되었다. 특히 새롭게 재탄생한 폴란드를 위해 독일은 전체 영토 중 15퍼센트와 10퍼센트의 인구수를 잃게 되었다. 또 많은 규정들이 군을 제한했는데, 대포 5천 문과 비행기 2만 5천 대, 몇몇 장갑차와 모든 함선을 양도해야 했다. 군대는 육해군을 합쳐 10만을 넘지 못했으며 항공 전력 금지 및 전차 개발 배치를 금지했다.

경제 분야에서는 모든 특허권을 잃었고 라인 강, 오드라 강, 엘베 강은 국제 감독하에 놓이게 되었으며 알자스로렌과 포즈난 지역에서 오는 상인들에게 관세를 요구하지 못했다.

게다가 독일은 연합국에 자재와 농산물을 공급해야 했다. 그리고 프랑스 북부와 벨기에 지역의 모든 전쟁 기간 중에 발생한 피해들에 대해서 엄청난 보상금을 지불해야 했는데, 독일이 전쟁의 모든 원인에 관한 책임자인 것처럼 여겨졌다. 이유가 있었는데, 독일은 치열한 전쟁을 한 국가였지만 자국의 어느 영토도 침범당하지 않았기에 겉으로 보이기에는 멀쩡했기 때문이었다.

조약에는 배상금이 명시되지 않았는데, 훗날 1921년 결정된 배상 금액은 1,320억 독일 마르크였다.

마지막으로 배상자의 신분인 독일은 독일 제국의 식민지들을 포기하라고 명령받았다. 연합국 내부에서도 아프리카독일 식민지 근처에 식민지를 갖고 있던 식민지 강국들(대영제국, 프랑스, 벨기에, 남아프리카연방)이 카메룬, 독일 동아프리카 식민지(지금의 탄자니아, 르완다, 부룬디), 남서아프리카 지역(지금의 나미비아)을 나눠 가졌다.

그런데 웃기게도 이 중요한 조약식에 패전국의 지도자들은 아무도 없었고 승전국 지도자들만이 자리하고 있었다.

베르사유조약이 끝이 나고 얼마 지나지 않아 사모궁에는 큰 잔치가 벌어졌다. 바로 황태자 이은과 러시아 여대공 올가의 혼인식이 있는 날이기 때문이었다.

혼인식은 전통혼례로 진행되었는데, 외부와 단절된 곳이었기에 많은 행사가 빠지고 약식으로 진행되었다. 하지만 복장만큼은 제대로 갖추었는데 나름 진귀한 구경이었다.

올가는 미국으로 다시 올 때 급하게 귀국한 이바노프를 대동했는데, 이제부터 굉장히 중요한 협상이 시작되기 때문이었다.

"기찻길을 연결하는 것이 어떻겠습니까?"

이미 연해주는 기찻길이 완공되어 운영하고 있었는데, 이를 확장해 현재 수도로 삼고 있는 야쿠츠크까지 연결하길 원했다.

"비용이 많이 듭니다."

"해 달라는 게 아닙니다. 절반의 비용을 내겠습니다. 그리고 아국의 영토를 개발하기 위해서는 이동 수단과 운반 수단이 필요하지 않겠습니까?"

틀린 말은 아니었다.

'당장은 필요가 없는데.'

대찬의 입장에서는 천천히 진행해도 될 일이었다.

'이러다 뒤통수 맞으면 골치 아픈데……'

당장 기댈 곳이 없기 때문에 뒤통수를 칠 것이란 생각은 들지는 않았지만, 혹시 모를 상황을 미연에 방지하고자 했기에 당분간 지켜보고자 하는 마음이 강했다.

"생각해 보겠습니다."

이바노프는 안타까운 표정을 지었다.

"그렇다면 야쿠츠크에서 연해주까지 철길을 놓는 것은 동의한 것으로 알아도 되겠습니까?"

"네, 철길을 놓는 것은 동의합니다."

"하지만 당장은 아니라는 말씀이시군요. 그럼 어떻게 해야지 적극적으로 협조해 주시겠습니까?"

"글쎄요."

당장 원하는 것을 들어줄 생각은 없었지만, 한편으로는 머리가 빠르게 회전했다.

'지금 상황으로 봐서는 러시아 내전이 절대로 단기간에 끝날 리가 없다.'

대세로 떠오르고 있는 사회주의는 본래의 역사대로라면 2차 세계대전이 끝나고 본격적으로 부상하여 상당히 오랜 시간 동안 그 위치를 확고부동하게 잡았다.

'하지만 상황이 바뀌었고 현재는 대치 상태, 소규모 전투는 있지만 서로 눈치만 보고 있다.'

이대로라면 로마노프 황가가 자리하고 있는 동쪽은 필연적으로 개발될 것이다.

'다만 걸리는 점은 러시아의 전체주의.'

아무리 개발을 해도 기존의 전체주의를 쇄신하지 않는다면 개발에 참여하는 것이 가만히 구경하는 것보다 못한 일이었다.

'역시 지금은 아닌가? 상황을 잘만 이용한다면 29년 이후로 짭짤할 것 같은데.'

미국이 대공황으로 쩔쩔매고 있을 때 유일하게 사업적으로 성공할 수 있을 것만 같은 것도 러시아였다.

'지금 차지하고 있는 영토만 해도 엄청 넓은 땅이니 다 개발하려면 엄청난 자금이 투입될 것이고 기간도 오래 걸리겠지.'

예상이지만 충분히 가능하다는 생각이었다.

하지만 당장은 아니었다.

"아직 뭐라 확답을 드리지는 못하겠습니다."

"그렇습니까?"

쓸쓸한 미소를 머금었다.

"황제께서는 앞으로 어떻게 국가를 운영하겠다고 하십니까?"

살짝 떠보는 말이었지만 여기에 어떠한 답을 듣느냐에 따라서 대찬의 행동 방향이 결정될 것이었다.

"폐하께서는 한번 실패를 경험하신 이후 다방면으로 고민하고 계십니다. 기존의 정치가 여러모로 이롭지 않다고 생각하셨기에 영국처럼 입헌군주제를 고려하시는 것 같습니다."

대찬은 고개를 끄덕였다.

'정신 차렸나?'

죽기 직전까지 몰렸었던 사람이었기에 심경의 변화가 온 것 같았다.

이번 전쟁으로 유럽의 왕정 국가들 대부분은 몰락한 상황.

'어떻게 보면 그게 살 수 있는 유일한 길일지도 모르지.'

확실치는 않았지만 가능성 있는 예상이었다.

"그나저나 자금은 어떻게 가지고 가실 생각이십니까?"

"벌써 준비가 되었습니까?"

"물론입니다. 다만 2억 달러가 적은 돈이 아니기에 금으로 준비하니 덩치가 상당하더군요."

한 번에 운송하기에는 무리였다.

"몇 번 나누어서 가져가도 되겠습니까?"

"원하시는 방법대로 하십시오."

"감사합니다."

"그럼 다음에 뵙죠."

더 이상 할 말이 없기에 인사를 마치고 건물 밖으로 나오니 준비하고 있던 내관이 입을 열었다.

"전하께서 기다리고 계십니다."

"안내해 주세요."

등을 돌려 종종걸음으로 앞서 안내했다. 곧 정자가 나왔고 이은은 올가와 함께 차를 마시고 있었다.

"오셨소?"

"축하드립니다."

"하하, 고맙소. 자, 이리 앉으시오."

대찬이 자리하자 올가는 반대로 일어났다.

"두 분 이야기 나누세요. 저는 이바노프 경을 만나 봐야겠습니다."

"그렇게 하시오."

올가가 자리를 떠나자 두 사람의 대화가 시작됐다.

"이야기는 잘 나누었소?"

"그렇습니다. 그런데 딱히 진전 있는 대화는 아니었습니다."

"흠, 문제가 있소?"

대찬은 주변을 둘러보았다. 듣는 사람이 많아서 좋을 것이 없었기 때문이었는데, 주변에는 아무도 보이지 않았다.

"아직까지 러시아에 대해서 신뢰할 수가 없습니다."

"이유가 있소?"

"그동안 러시아는 전체주의였기 때문입니다."

"이해하기 쉽게 설명해 주겠소?"

간단하게 기존 러시아의 정치에 대해서 설명해 주었다.

"……해서 왕정과 비슷한 것 같지만 다릅니다."

"동맹국인데 그렇게까지 해야 되는 것이오?"

"우리가 진짜 믿을 수 있는 동맹이 있겠습니까?"

이은의 말문이 막혔다. 당장 동맹이라는 관계를 맺고 있는 곳은 꽤 되었지만 피를 나눈 형제처럼 믿을 수 있는 동맹은 없었기 때문이다.

"기존에 세웠던 계획은 어떻게 해야겠소?"

"천천히 진행하면 되지 않겠습니까? 당장 급한 것은 우리가 아니니 말입니다."

"알겠소. 준비되면 말해 주시오."

"알겠습니다."

"그리고 폐하께서는 곧 연해주로 가신다고 하셨소."

대찬은 고개를 끄덕였다.

"미리 연락해 두겠습니다."

"또 하나, 나도 올가와 함께 러시아로 갈 것이오."

"네?"

뜬금없는 소리에 놀라 되물었다.

"그렇게 놀랄 것 없소. 그저 금산이 이곳에서 거둔 성공을 나 역시 해 보고 싶은 생각이 들었소."

"하지만……."

"언제까지 여기서 밥만 축낼 수는 없지 않겠소? 그리고 혼자 버는 것보다 둘이 버는 것이 좋으니 말이오."

"그렇게 쉬운 일이 아닙니다."

"잘 알고 있소. 그런데 금산과 나는 다른 점이 있소. 그게 뭔지 아시오?"

대찬은 고개를 저었다.

"눈앞에 이렇게 훌륭한 선생이 있지 않소? 하하."

이은은 이미 마음을 굳힌 듯했다.

그 후로 여러 가지 사업 이야기를 나누다가 늦게야 대찬은 사모궁을 떠났다.

집으로 돌아가는 차 안.

'생각보다 놀라웠어.'

이은은 그동안 많은 생각과 연구를 했는지 대찬과의 대화에 막힘이 없었다.

'사업 아이템도 꽤 많이 가지고 있었고.'

무능력하다고 생각했었는데 의외로 사업적 자질이 있었던 것 같다.

'아마 러시아 황가와 혼인한 것도 이를 노린 걸까?'

꽤 설득력 있다는 생각이 들었다.

'앞으로 어떻게 될지 기대되네.'

이은의 생각이 끝이 나자 전에 나누었던 순종과 대화가 생각났다. 당시 얼떨결에 이은을 따라 들어간 건물에는 한쪽 눈을 잃은 사내가 근엄하게 앉아 책을 읽고 있었다.

"그래, 그대가 금산인가?"

말하는 사내를 보고 단박에 누군지 알 수 있었다.

순종이었다.

"임실 강씨의 자손이라고 들었다. 하지만 어려서부터 자유로운 미국에서 살아서 그런지 전통 예법이 부족한 것 같구나."

"노력하겠습니다."

"그대의 말을 믿겠다. 그대를 초대한 것은 깊은 감사를 표하기 위함이다."

"당연히 해야 될 일입니다."

칭찬을 받기 위한 것이 아닌, 암울했던 역사를 어떻게든 바꾸기 위해 발버둥 치고 있는 것이다. 그리고 아직 결과가 명확하게 나오지 않은 상태였다.

"아직 칭찬받기에는 이른 것 같습니다."

"그런가?"

순종은 고개를 끄덕였다.

"세상을 많이 돌고 돌았다. 하지만 여전히 머릿속에서 의문이 가득하구나. 그리고 시간이 흘러 세상이 변하는 날이 오기 전까지는 조국 독립이 어렵다는 것을 뼈저리게 느꼈다. 그대의 생각은 어떠한가?"

"저 역시 그리 생각합니다."

"그러한가? 내 생각이 틀리기를 바랐건만. 이제 나는 어떻게 행동해야 하는가?"

순종이 언제나 생각하는 부분이었다. 무엇을 어떻게 해야 좋을지, 어떻게 하는 것이 맞을지. 그러나 항상 생각을 해 보더라도 정답이라 생각되는 것은 떠오르지 않았다.

"솔직히 모르겠습니다."

대찬이 살던 세상에는 이미 조선왕조는 과거의 유물이었기에 평가만 존재했지 딱히 어떠하다는 생각은 없었다. 다만

아메리칸
드림

현재 민족을 규합하는 가장 중요한 구심점이 황가였다. 사람들은 아무리 황가가 밉고 무능력하더라도 현재는 조건 없이 믿고 따랐다.

"살아 계시는 것만으로도 민족의 구심점이 되니, 민족들을 만나 다독여 주시고 희망을 심어 주셨으면 합니다."

공식적이고 대외적인 활동은 무리지만 독립 의지를 가지고 있는 동포들을 만나서 희망을 주는 역할이 당장에 최선이었다.

"그것이 다인가?"

"또 임시정부와 광복군이 있기는 하지만 전체적으로 통제가 되지 않고 두루뭉술하게 진행된다는 게 불안함을 느끼게 합니다."

"어찌했으면 좋겠는가?"

"제대로 된 정부의 역할이 필요합니다."

순종은 고개를 끄덕였다.

"통합하여 일원화된 정부의 역할이 필요하다고 말하는 것이 맞나?"

"그렇습니다."

"알겠다. 하지만 앞으로 황가는 군림하되 통치하지 않을 것이다."

이 말을 끝으로 순종과의 면담은 끝이 났다.

'그리고 오늘 순종은 곧 연해주로 간다고 했다. 이제 순종을 구심점으로 제대로 된 역할을 할 수 있는 정부를 만들겠지?'

전쟁에도 참여했고 여러 나라를 돌아봤으니 기대가 되는 것도 사실이었다.

♠

순종과 이은은 각각 연해주와 야쿠츠크로 향했다.

국내에서는 만세 운동이 벌어져 그에 따른 반응으로 일본은 가용 병력을 총동원하여 탄압했는데, 더 이상 활동하기 힘들어진 독립운동가들은 기존 역사와는 다르게 상해가 아닌 연해주로 모이기 시작했다.

때마침 도착한 순종을 중심으로 제대로 된 정부가 형태를 갖추기 시작했는데, 여기에 김구, 신규식, 서병호, 여운형, 조동호, 박찬익, 선우혁, 이동녕, 이시영, 김동삼, 신채호, 조성환, 조소앙, 이동휘 등 명망 있는 인사들이 대거 몰려들었다.

모이는 것은 좋았으나 잡음이 없었던 것은 아니었는데, 가장 크게 대두되는 몇 가지가 있었다.

사회주의와 자본주의의 이념과 사상에 대한 대립이 컸는데, 대표적으로 사회주의를 주장한 것은 이동휘, 여운형, 김

준연 등이었다. 똑같은 사회주의를 주장했지만 이들 계파는 이르쿠츠크파, 상하이파, 엠엘(마르크스-레닌 준말)파 등으로 나뉘어 첨예하게 대립했다.

"이걸 읽어 보시오."

이에 중재에 나서기보다 이들에게 한 권의 책을 건네주었는데 대찬이 쓴 현실주의였다.

책을 읽고 가장 먼저 반응한 것은 엠엘파였다. 대찬은 가장 신경 쓰고 요목조목 따져서 왜 그 방향으로 가면 안 되는지 서술해 놓았는데, 엠엘파 중에 절반은 입장을 바꾸었고 나머지 절반은 격렬히 반응하며 임정을 떠날 생각을 했다.

한 명이 아쉬운 상황에서 떠나는 사람들을 잡기 위해 사상에 대해서 중립적인 인물들이 움직였다.

"책을 읽어 보셨으니 아시겠지만, 떠난다고 능사가 아닌 것 같습니다. 원하는 것이 있다면 대화를 통해서 조율하면 되지 않겠습니까?"

프롤레타리아혁명 자체를 반란으로 규정했기 때문에 가장 핵심으로 서술한 것은 충분한 대화였다. 그것을 이해한 사람들은 남기로 했다. 그럼에도 불구하고 떠난다는 사람들에겐 이렇게 말했다.

"도대체 사상이나 이념 따위가 국가가 없는 상태에서 무슨 필요가 있는지 모르겠습니다."

많은 이들을 설득했지만 그럼에도 설득되지 않은 사람들

은 끝내 떠났다.

그다음 사회주의 계파, 이르쿠츠크파와 상하이파는 코민테른에서 시작된 경쟁이 원역사와는 다르기에 굳이 소비에트 러시아에 정통성을 인정받거나 지원을 받을 필요가 없었다. 그래서 서로 간에 대화를 통해 일국일당의 원칙에 따라 합쳐졌는데, 엠엘파 역시 대세에 따랐다.

대한사회주의당.

통합된 이름으로 하나가 되면서 임시정부에 으름장을 놓았다.

"금산이 쓴 현실주의로 인해서 우리 사회주의당이 시작을 했지만, 기본적으로 우리는 프롤레타리아혁명에 대해 지지하는 입장입니다."

그리고 이들은 순종에 대해서 호의적이지 않았는데, 예는 지키지만 소가 닭을 쳐다본 듯 별다른 관심을 보이지 않았다.

마찬가지로 순종에게 반응이 좋지 않은 또 다른 무리가 있었는데, 아나키스트(무정부주의자)들이었다. 이들은 무엇이라 정의하기 힘들 정도로 각각의 개성이 뚜렷했는데, 서로 이야기를 해도 맞지 않는 부분이 많아서 뭉치지 않고 각기 따로 행동했다.

"정부도 싫지만 일본은 더 싫다."

이런 이유로 임정에 합류했지만 어떠한 직위나 직책을 맡기보다는 자유롭게 활동하는 것을 선호했다. 그렇기에 임정에서는 아나키스트들을 광복군에 소속시켜 자유로운 군사적 활동을 하길 원했고 서로 이해관계가 맞았다.

마지막으로 자본주의를 경험한 사람들과 왕당파가 있었다.

우선 자본주의파는 합리적인 생각을 우선시했기에 임정 합류에 거부감을 느끼지 않았다.

마지막으로 왕당파는 순종이 전격적으로 임정과 광복군을 지원하자 합류한 사람들이었다.

왕당파는 순종에게 이렇게 권했다.

"폐하, 다시 복권하시옵소서."

이렇게 말하며 다시 왕정을 하자고 말했는데, 순종의 대답은 이랬다.

"아직도 그리 아둔한 생각을 하다니! 세상을 보라! 군림하되 통치하지 않는 것, 그것이 지나 온 시간 동안 배운 것이다. 그러니 두 번 다시 거론하지 말라."

순종은 단호하게 일축하며 임정에 권위를 실어 줄 것을 천명했다.

이런 일들을 겪으며 통일되고 권위 있는 임시정부가 탄생하게 되었다.

한편 올가와 혼인한 이은은 러시아의 임시 수도인 야쿠츠크로 갔는데, 워낙에 기반 시설이 없어 이동에 오랜 시간이 걸렸다.

"어서 오시게."

"환영해 주셔서 감사합니다."

"하하, 이제 한가족 아니겠는가?"

니콜라이는 기분 좋은 미소를 지으며 이은을 환영했다.

이은은 자신이 보고 배우고 계획한 모든 것들을 러시아에 쏟아붓길 원했는데, 주로 올가와 상의했지만 당장 시행할 수 있는 것은 니콜라이에게 바로 보고하며 야쿠츠크 개발에 박차를 가했다.

그렇게 나름 성공적인 성과를 거두자, 러시아 내부에서 이은을 보는 눈이 예전과는 많이 달라졌다. 처음에는 외모가 주는 편견에 의해 가까이하려는 사람이 없었는데, 능력을 인정받고 사업적으로 능력이 있다는 사실을 알게 되자 많은 이들이 이은과 상담하기 위해서 찾았다.

"흠."

늦은 시간 서류를 뒤적이며 일에 집중하고 있는데, 문밖에서 다급한 소리가 들렸다.

달칵.

문이 열리며 익숙한 올가의 얼굴이 보였다.

"무슨 일인 게요?"

"아버지, 아버지가!"

"폐하께 무슨 일이 생긴 것이오?"

"돌아가셨어요!"

"도대체 무슨 소리를 하는 것이오?"

"그게……."

니콜라이는 탈출하는 과정에서 부인과 아들을 잃었고 자식들은 딸만 남아 있었다. 그런데 후계를 위해서는 아들이 필요했다. 이에 아들을 낳기 위해 여러 첩실을 거느렸는데, 이것이 화근이 되었다. 아들을 갖기 위한 일념 하나로 무리하다가 복상사한 것이다.

"그럼 어떻게 되는 것이오?"

"제가 가진 계승권이 첫 번째예요."

"부인은 어떻게 할 것이오?"

올가가 어떠한 의사를 가졌느냐에 따라서 상황이 급변하기에 다급히 물었다.

"일단 어수선한 분위기부터 바로잡아야 될 것 같아요."

정권을 잡겠다는 의사를 보이자, 이은은 고개를 끄덕이는 것으로 답했다.

현재 올가의 입장에서는 너무나 상황이 절묘했는데, 그녀가 가장 필요한 지원을 해 줄 수 있는 한인들의 황태자인 이은과 혼인했다. 왕당파들 역시 이를 잘 알고 있으니 올가를 지지해야 했다. 후계를 잇는 아들이 없고 현재 제1계승권을 가지고 있는 사람 역시 올가였기에 명분은 충분했다.

"율리아는 어쩔 셈이오?"

니콜라이의 측실인 율리아는 현재 임신 중이었다. 아들인지 딸인지 알 수는 없지만, 아들이 태어난다면 골치 아픈 상황이었다.

"선택할 수 있는 것은 많아요."

속내를 보여 주지 않았다.

결국 올가는 계승권자로서 능력을 보이기 시작했는데, 니콜라이의 장례식을 진행했고 왕당파 신하들을 만나서 지지해 줄 것을 호소했다. 이미 한번 예카테리나 2세라는 여황제가 있었기에 이를 전례로 들며 하자가 없음을 주장했다.

당장 소비에트 러시아와 전쟁 중이었고 지도자가 필요했기 때문에 올가는 러시아의 여황제가 되었다. 그리고 그에 걸맞은 대관식을 진행했다.

이은은 올가의 대관식을 옆에 준비된 자리에 앉아 지켜보고 있었다.

'이게 무슨 상황인지.'

이번 혼인을 통해 러시아에 사업체를 만들고 그걸 기반 삼아 조국 광복에 힘을 쓰는 것이 그의 목표였는데, 이제는 부인인 올가 때문에 대한제국의 황태자에서 러시아의 황제가 된 것이다.

올가의 머리에 왕관이 쓰이자 곧 이은의 머리에도 러시아
의 전통 모습을 한 왕관이 씌어졌다.

"올가 니콜라예브나 로마노프 황제 만세!"

만세가 울려 퍼지며 새로운 황제를 축복했다.

대륙인

"헐."

대찬의 입에서 나오는 소리, 복잡한 감정을 담고 있는 '헐'
이었다.

"이래서 인생사 알 수 없다는 건가?"

'이럴 수 있겠거니.'라고 생각했던 것이 현실이 되자 한바
탕 코미디를 보는 것 같다는 생각도 들었다.

"그럼 이제 황태자 신분은 어떻게 되는 건가?"

러시아의 통치는 올가가 하겠지만 형식상 이은의 신분은
러시아 제국의 황제 겸 대한제국의 황태자였다.

"무슨 중세 시대도 아니고 복잡하네."

돌아가는 것이 절대 나쁜 상황은 아니었기에 어떻게 대응

하기도 애매한 상황.

"지켜보다 아니다 싶으면 나서면 되지."

대찬은 축하문을 써서 보내고 당분간은 지켜보기로 마음먹었다.

"다음은……."

결재를 위해 서류를 뒤적였다.

"뉴칼레도니아."

보고서에는 교통편을 늘려 달라고 되어 있었다. 워낙에 환경 자체가 훌륭하다 보니 관광을 가고 싶어 하는 사람이 많은 것 같았다.

"예상은 했지만 반응이 빠르네?"

아직까지 미국인들 중 태반은 뉴칼레도니아가 미국 영토로 편입되었다는 사실을 모르는 사람들이 많았는데, 굳이 미국 정부도 이를 공표할 필요가 없었기에 유야무야 넘어갔었다. 한인 자치 정부를 세워 운영은 한인들이 하기로 했고 독립한 후에는 더 이상 미국 영토가 아니기 때문이었다.

"관광지로 개발한다면 관광객을 유치할 기반 시설이 많이 필요할 텐데."

뉴칼레도니아 개발은 전적으로 지번에게 맡겨 놨기에 알아서 잘하리란 생각은 했지만 현재 모습이 얼마나 바뀌었을지 궁금했다.

"덕원 씨!"

대찬이 부르자 덕원이 금방 사무실로 들어왔다.

"부르셨습니까?"

"뉴칼레도니아 개발 상황 보고서와 찍어 놓은 사진 있지요?"

"준비할까요?"

"부탁해요."

얼마 지나지 않아 뉴칼레도니아 관련 자료를 잔뜩 가지고 왔다.

"말씀하신 자료입니다."

"고마워요."

대찬은 받은 자료를 꼼꼼하게 검토하기 시작했다.

사진은 개발하기 전 사진과 개발 후 사진으로 나뉘어 있었는데, 개발 전에는 낙원 같은 분위기를 풍겼다면 개발 후에는 멋들어진 건물이 들어서서 꼭 살고 싶다는 분위기를 팍팍 풍겼다.

"좋은데?"

사진을 치우고 보고서를 읽기 시작했다.

하와이와 뉴칼레도니아에 다른 점은 공용어가 영어와 프랑스어라는 차이도 있었지만, 가장 큰 건 하루에도 많은 사람이 들어왔다 나가는 하와이와는 다르게 방문객이 적어 굉장히 조용하단 점이다.

지번은 처음에 도착해서 한인 문화 정책부터 펼쳤다고 적혀 있었다. 기존 사람들과 마찰을 줄이기 위해서 학교를 제일 첫 번째로 세우고 교육시켰으며 일거리가 생기면 현지인을 위주로 고용해 우호적인 감정을 갖게 만들기 위해 노력했다.

"확실히 잘했네."

대찬 역시 샌프란시스코에서 타민족들과 우호적으로 지내기 위해 여러 가지 정책을 펼쳤지만, 가장 성공적인 것은 한인 문화 교육이었다.

"다음 기반 시설이……."

다음으로 지번이 한 일은 낙후된 환경에 대한 개선이었는데, 기초 시설을 만들었고 어느 정도 안정이 되자 그때부터 한인들을 받아들이기 시작했다.

뉴칼레도니아와 하와이의 정기적인 교통편이 생기기 시작하면서 뉴칼레도니아에서 살던 프랑스인들이 국적을 바꾸어 미국 본토로 이주하거나 여행을 가곤 했는데, 이게 본토에 뉴칼레도니아라는 섬이 알려진 계기가 됐다. 이렇게 알음알음 알려진 뉴칼레도니아에 조금씩 관광객이 생기게 되었다.

지번은 이게 기회임을 느끼고 처음에는 작은 호텔을 만들었는데, 곧 점점 숙박업체가 부족하게 되었다. 그러자 하와이처럼 될 것을 느끼고 하와이에 있는 모아나 호텔을 벤치마킹해서 거대한 호텔을 짓고 관광 상품을 개발했다.

"아! 이러니 본토와 잇는 정기적인 교통편을 원하는 거구나!"

대찬은 너무 뉴칼레도니아에 신경을 끄고 살았던 자신을 자책, 반성했고 전화기를 들었다.

－여보세요.

"제레미, 나예요."

－아, 사장님.

"혹시 뉴칼레도니아 이야기 들었어요?"

－요즘 들어서 귀가 따갑게 듣고 있습니다.

"계획은요?"

－준비 중에 있습니다. 서두를까요?

"그럴 수 있어요?"

－당장 정기선을 띄울 수 있는 여건은 됩니다.

"좋아요. 그리고 크루즈 여객선을 운영해 볼래요?"

－크루즈 말입니까?

"음, 코스는 하와이, 뉴칼레도니아, 이렇게 돌아서 하면 나쁘지 않을 것 같은데요."

－연구해 보겠습니다.

"알겠어요. 그리고 잠수함 진척 상황은 어때요?"

－아직 몇 가지 더 연구하는 것으로 알고 있습니다. 아마 계획대로라면 내년에 첫 번째 잠수함이 진수될 것 같습니다.

"좋아요. 그럼 다음에 봐요."

전화를 끊고 대찬은 문득 하와이가 떠올랐다.

"한번 갔다 올까?"

부모님을 못 본 지 오래돼 보고 싶다는 생각이 가득했다.

도착해서 본 항구의 모습은 마지막으로 봤던 것과는 상당히 달랐다.

대찬이 처음 기억하는 하와이의 항구는 작았고 불편하기 짝이 없었다. 그랬던 항구가 관광지로 유명세를 타기 시작하면서 작고 소소한 것 하나까지 신경 써서 깔끔하게 개선되었다. 곳곳에 하얗게 칠해 놓은 모습은 휴양지의 분위기를 물씬 풍겼으며 열심히 관리한다는 느낌을 주었다.

"많이 변했네."

"그러게요. 여기는 올 때마다 많이 변해 있네요?"

자고 있는 아이를 안고 있던 엠마가 대찬의 말에 수긍했다.

"내가 어렸을 때는 이 모습이 아니었어요."

"그래요?"

"그저 시골 항구였는데, 지금은 그 모습을 전혀 찾을 수가 없네요."

아련하게 떠오르는 그 시절이 생각났다.

"나도 뉴욕에 가면 그럴까요?"

대찬은 고개를 끄덕였다.

"아마도 그럴 거예요."

"왠지 지금 느끼는 마음을 알 것 같네요."

사소한 잡담을 나누고 있자 수행원들이 차를 준비했고 곧 대찬과 가족들은 모큘레이아에 있는 본가를 향했다.

강씨 집안이 정착한 모큘레이아는 기존에 사탕수수 농장이었다는 흔적이라고는 찾아볼 수가 없었다. 새롭게 지어진 높은 건물들로 인해 오히려 번화한 시가지 같은 모습으로 변해 있었다.

그렇게 변한 신식 건물들 사이로 이질적인 건물들이 즐비하게 자리한 곳이 있었는데, 한옥촌이었다.

차는 어느 한 집에 멈춰 섰다.

"어! 형!"

"오빠!"

흔하지 않은 고급 차량이 집 앞에 서자 빼꼼히 내다본 쌍둥이는 익숙한 사람이 차에서 내리는 것을 보았고 바로 알은체를 했다.

"오랜만이네."

"응! 형수도 오랜만이에요."

"네, 반가워요, 도련님 그리고 아가씨."

"그런데 빈손으로 온 거야?"

연화는 잔뜩 기대하며 물었다.

"너는 조카가 궁금하지도 않냐?"

"맞다! 한구야!"

연화는 엠마의 품에 안겨 있는 한구를 조물딱거리며 건들기 시작했고 곧 짜증 서린 음성이 터졌다.

"으앙!"

울음이 터지자 연화는 대찬과 엠마의 눈치를 보다 집 안으로 빠르게 들어갔다.

"엄마! 오빠랑 새언니 왔어!"

대찬은 고개를 저으며 집 안으로 들어갔다.

귀순은 연화의 외침에 방문을 열고 나왔는데, 대찬이 마지막으로 봤을 때와는 다르게 간간이 머리가 희끗희끗한 것이 보였다.

"우리 아들 왔구나!"

"그간 잘 지내셨어요?"

"잘 지내고 있었지. 가끔 네 생각이 나서 어찌나 보고 싶던지."

"하하, 자주 오도록 노력할게요. 그런데 아버지는 어디 가셨어요?"

"아직 돌아오실 시간이 되지 않았다. 대준아."

"네."

"아버지에게 형 돌아왔다고 알리고 와."

"알았어요. 갔다 올게요."

대준은 익숙하게 자전거를 챙겨 집을 나섰다.

"우리 한구!"

그녀는 간단한 인사를 마치고 잠에서 깬 손자를 챙기며 기뻐했다.

그렇게 해후를 나누며 시간을 보내다가 길재를 부르러 간 대준이 돌아왔는데 여전히 혼자였다.

"아버지는?"

"할 일이 많다고 끝나면 오신대요."

"그래? 무슨 일을 하시는데?"

"학교 일일 거야, 아마."

"학교?"

"응, 요즘에 학교를 증축한다고 들었는데, 자세한 건 이따 아버지 오시면 물어봐."

너무 단편적인 정보로 무엇을 유추하기에는 턱없이 부족했다.

'학교에 무언가 문제가 있는 건 확실한가 보네.'

그런 예감이 강하게 들었다.

길재가 집에 돌아온 것은 대찬이 도착하고 한참이 지난 다음이었다.

"아버지, 절받으세요."

대찬의 가족은 길재와 귀순에게 공손하게 절을 올렸다.

"그래, 일이 바쁠 텐데 왜 왔느냐?"

길재가 탐탁지 않은지 왜 왔느냐는 뉘앙스를 풍기며 물었다.

"뵙고 싶어서 왔습니다."

"쯧, 나중에 때가 되면 매일 보게 될 것인데, 큰일 하는 사람이 자리를 길게 비우면 안 된다."

"네, 제가 잘하겠습니다."

"오는 데 불편하지는 않았고?"

"하하, 부모님 뵈러 오는 길이 불편하겠어요?"

"넉살은……."

싫지는 않은지 표정은 부드러웠다.

"그런데 학교에 문제가 있어요?"

"아, 그럴 일이 있다."

선뜻 말하지 않고 숨기려 하자 오히려 궁금증이 더했다.

"제가 도움이 될 수 있으니 말씀해 보세요."

"흠……."

무언가 고민을 하는 듯하다 길재의 입이 열렸다.

"최근에 가장 많이 이민 오는 사람들이 누군지 아느냐?"

"한인들 아닌가요?"

"표면적으로는 그렇지."

이야기를 듣자 중국인들이 떠올랐다.

"혹시 중국인?"

고개를 끄덕였다.

"맞다. 그들이 문제가 되고 있다."

"구체적으로 설명해 주세요."

아메리칸
드림

"현재 한반도에 있는 동포들은 대부분 가까운 연해주로 가고 있다. 그것은 알고 있겠지?"

"네, 보고받고 있습니다."

"그리고 그 자리를 조상 중에 우리 민족과 연관이 있는 사람들이 채우고 있다. 그런데 그게 문제가 되는 거야."

"조용히 지내고 있는 것 같던데 아닌가요?"

"네 말도 맞다. 굉장히 조용히 지내고 있어. 그런데 문제가 몇 가지 생겼다. 바로 그 중화사상이 첫 번째다."

중국 사람이 자기 민족을 세계 문명의 중심이라고 생각하여, 자기 민족의 우월성을 자랑하여 온 사상이었다.

'아, 충분히 문제 있을 만하네.'

중국인 외에는 오랑캐로 보고 한 수 아래로 깔보는 것이었으니, 충분히 충돌이 일어날 수 있었다.

"다음으로 문제가 되는 건 이들이 시장을 잠식하고 있다는 것이다."

"시장을 잠식해요?"

"오면서 높은 건물들을 보았겠지?"

집으로 올 때 예전과는 다르게 높은 층의 건물들이 즐비했었다.

"네, 이상하게 생각했는데 이것도 관련이 있나요?"

"맞다. 중국인들이 사들인 뒤 기존의 건물을 허물고 그 자리에 높은 건물을 올리는 것이지. 처음에는 그러려니 하고 넘어가다가 점점 도가 지나치는 것 같아서 사들이려고 했는데, 어떻게 됐을 것 같으냐?"

생각할 것도 없이 답이 나왔다.

"아마도 절대 팔지 않을 거예요."

"맞다. 그래서 여러 가지로 문제가 생기고 있구나."

'회귀 전에도 이런 일이 있었던 것 같은데…….'

제주도가 해외 투자 유치를 받으면서 가장 혜택을 보는 사람들이 생겼는데, 바로 중국인들이었다.

중국엔 인구수가 많은 만큼 부자도 많았는데, 이들이 투자를 시작하면서 이상한 현상이 생겼다. 제주도의 노른자위 땅이라고 할 수 있는 전망 좋은 땅의 소유는 죄다 중국인들이었는데, 이들의 특징은 절대 팔지 않는 것이었다.

오히려 제주도는 중국인들의 입맛에 맞게 변하기 시작했는데, 한국이지만 중국인이 소유하고 있기에 사유지라는 핑계로 한국인들을 통제하고 접근시키지 않았다.

'황당했는데 여기서도 또 그러네? 그것 말고도 또 있었는데…….'

중국인들은 자신만의 영역을 만드는 것에 특별한 재능이 있었다. 만약 한 중국인이 건물을 하나 샀다. 그렇다면 그 자리에 알박기를 한다. 그리고 주변에 다른 건물을 소개시켜주며 건물을 사기를 권한다. 그리고 그렇게 주변을 전부 중국인이 소유하기 시작하면, 그때부터는 중국인을 제외하고는 출입을 통제한다. 그러곤 만약 누군가 건물을 팔라고 한다면 이들은 절대 팔지 않았다.

이렇게 흘러간 지역은 갑자기 몇 년 사이에 차이나타운이 되는 것이다.

'이쯤 되면 사태가 심각한데……'

그러다 생각난 것이 오래전 한국으로 건너와 정착한 중국인들이었다.

'그 사람들은 오히려 한국인이기를 원했던 것 같은데…… 내 착각인가?'

한 가지 확실한 것은 한인을 가장한 중국인들의 유입이 너무 많다는 것이다.

"그래서 아버지가 세운 대책이 뭔가요?"

"아무리 고민해 봐도 어떻게 설득할 방법이 없더구나. 그래도 손 놓고 볼 수는 없으니 생각을 해 봤지. 저들이 지금 이 땅으로 이민을 올 수 있었던 이유는 스스로 한인임을 내세웠기 때문 아니겠느냐? 거기에 착안해서 철저하게 한인으로 교육시키는 방법이 최선이란 생각이 들더구나."

"아! 좋은 방법이네요."

스스로 한인임을 내세웠으니 명분상으로는 한인들이 받는 교육을 받아야 그들이 주장하는 것에 모순이 생기지 않았다.

'문제는 중국인 특유의 고집이야.'

중국인 이민자들의 언어는 이민한 이후에도 3, 4세대까지 이어지는데, 이게 약 백 년이나 되었다. 이는 중화사상에 의거한 고집이었는데, 이것만 해결한다면 한인들에게 동화되는 것이 한층 더 빠를 것 같았다.

"중국인 이민자들을 하와이에 정착시키지 않는 것은 어떨까요?"

"그건 또 아닌 것 같다. 현재 가장 많은 한인들이 있는 곳은 샌프란시스코와 하와이야. 샌프란시스코는 본토에 있으니 이들이 어디로 떠나든 통제가 안 되어 한인으로 교육을 하기 쉽지 않다고 생각한다."

"무슨 뜻인지는 알겠어요. 그런데 앞으로 엄청 많은 중국인들이 이민 올 건데, 그들을 일일이 이런 식으로 교육하기는 힘들 것 같아요."

"그럼 방법이 있느냐?"

"조금 극단적이지만 방법이 없는 것은 아니에요."

"궁금하구나."

"시민권이 나오기 전에 영주권이 나오는 것은 알고 계시지요?"

한인들은 수월하게 시민권을 발급받을 수 있다. 하지만 그것도 일정한 기간이 지나야지만 발급이 됐다.

"그 영주권에는 필수로 적히는 것이 한 가지가 있어요. 뭔지 아세요?"

"글쎄다. 속 시원하게 말해 보거라."

"바로, 인종과 민족이에요. 이걸 이용하면 중국인들을 쉽게 통제할 수 있어요."

출입국을 통제할 때 한인 이민자들은 대기하면서 영주권을 발급받았다. 그런데 그 영주권에는 인종과 민족을 필수로 적었는데, 여기에 제약을 건다면 중국인들이 가지고 있는 정체성을 크게 억누를 수 있을 것 같았다.

"통제할 수 있는 방법?"

"네, 바로 시험을 보게 하는 거지요."

"시험을 본다?"

"우리 민족만 알 수 있는 시험이지요. 그리고 시험을 통과하더라도 한인이 아니라는 증거를 찾아 신고를 하면 재검증을 하는 거죠. 그럼 중화사상을 가지고는 이 땅에서 살 수 없을 거예요."

"너무 가혹한 것 아니냐?"

"아니요. 애초에 우리가 중국인임에도 불구하고 한인으로 인정하면서까지 그들을 받아들인 이유를 생각한다면, 전혀 가혹한 것이 아니에요."

한인들에게 가장 필요한 것은 인구수였다. 인구수를 늘리기 위해서 중국인임을 뻔히 알면서 속아 주었는데 협조하지 않는다면 한인으로서 살 수 있는 권리를 박탈하는 게 당연하다고 대찬은 생각했다.

"무슨 말인지 알겠다. 나쁘지 않은 것 같구나. 네 뜻대로 해라."

길재 역시 강력하게 제약할 수 있는 수단이 있으면 한층 편하게 동화할 수 있다는 것을 느낀 것이다.

다음부터는 부자간에 사소한 대화였는데, 여기에 가족들까지 동참하여 서로 근황을 물으며 기분 좋은 대화를 이어 나갔다.

"하하, 정말요?"

"어휴, 요즘 저 말괄량이 때문에 자꾸 늙는 것 같구나."

옆에서 듣고 있던 연화는 입술을 삐쭉 내밀었다.

"핏, 언제 적 이야기를 하고 계시는 거예요!"

"어머, 이 계집애 양심도 없어."

귀순은 연화를 타박하며 놀리는 데 동참했다.

"하하."

"호호."

밀린 이야기에 시간은 빠르게 흘러갔다.

샌프란시스코로 돌아오자 가장 먼저 한 일은 길재와 상의했던 이민 자격시험이었다. 이 일에 대해서는 대찬이 특별히 관심을 가지고 정부와 상의한 후에 새로 공표했는데, 이제까지 정책과는 다르게 반응이 사뭇 달랐다.

"장수하겠어."

반발의 목소리가 만만치 않았던 것이다.

가장 크게 대두되는 것은 쪽지 시험이었는데, 문맹률이 높아 글을 모르는 숫자가 꽤나 많았던 것이다.

"그러니까 면접 구두시험 점수가 큰 건데."

그럼에도 불구하고 시험의 당락에 따라 추방될 수도 있다는 내용에 아직 시민권을 받지 못한 사람들은 불만이 가득했다.

특히 한인이라고 속이고 입국한 중국인들에게는 마른하늘에 날벼락 같은 소리였는데, 이들은 대찬의 사무실을 중심으로 가두시위를 할 정도로 새로운 제도에 반대의 목소리를 냈다.

"자업자득."

중화사상을 중심으로 자존심을 세우다가 이런 일이 벌어진 것이니 책임을 묻자면 중국인들의 책임이 구 할 이상이었다.

한인 이민 제도는 새롭게 탈바꿈되었는데, 미국에 입국하면 무조건 주어지던 영주권이 1년 기한의 임시 영주권으로 변했고 거주지가 제한되었다. 그리고 이 기간 동안 한인 검증 시험에 통과해야만 했다.

주어진 기회는 세 번, 원하는 때에 시험을 볼 수 있고 모든 기회를 소진한다면 추방되거나 일정 금액을 내고 한 번의 기회를 더 얻을 수 있었다.

그리고 중국인들을 제약하기 위해 무작위 검증 제도를 만

들었는데, 말이 무작위지 실제로는 공무원이 되어 있는 한인
들이 말썽을 부리는 중국인들을 제재하기 위한 방법이었다.

방법은 실로 간단했는데, 한인들이 인구수가 적기 때문에
다리만 몇 번 건너면 다 아는 사람이었다. 이들을 통해 정보
를 수집한 후 불시에 공무원들이 검증을 명목으로 시험을 요
구하는 것이었다. 이것은 전적으로 한인들이 중국인에게 보
이지 않는 칼을 휘두를 수 있는 방법이었다.

당장 빈털터리로 쫓겨나게 생긴 중국인들은 화들짝 놀라
살길을 찾기 시작했다.

하지만 어디에서나 고집 센 사람은 있기 마련이다. 그런
사람들은 공무원들의 방문을 맞이하게 되었고 곧 추방으로
이어졌다.

"이제 눈치 보겠지?"

미국은 중국인 이민을 금지하고 있었기에 그들은 어디까
지나 표면적으로는 한인이었다.

중국인으로 살기에는 위험한 상황이 되었으니 별수 없이
위장 한인이 아닌 진짜 한인으로의 삶을 선택할 수밖에 없을
것이다.

"신한인화 책략인가?"

대찬은 국가를 경영하는 느낌이 들어 괜스레 우쭐한 느낌
이 들었다.

"하하, 나도 애네."

한바탕 시원하게 웃고 다른 일을 처리하기 위해 서류를 뒤적였다.

　얼마나 지났을까 덕원이 급하게 사무실에 들어왔다.

　"사장님, 큰일 났습니다!"

　"무슨 일이에요?"

　덕원은 당장 말하지 않고 대찬 가까이 다가가 귓속말을 했다.

　"……."

　"뭐!"

　부하 직원이라도 반말을 하지 않았던 대찬이었지만, 당장들은 충격적인 말에 큰 소리가 나왔다.

　"그래서 어떻게 처리했어요?"

　"일단 은폐했다고 합니다."

　"이 사실을 또 누가 알아요?"

　"같이 움직였던 백인 공무원 몇몇이 봤다고 합니다."

　"젠장! 미친 짱개 새끼들! 여기서도 그 지랄이야!"

　"어떻게 할까요?"

　"당장 명건 씨 불러요!"

　"네!"

　대찬의 급한 호출에 명건은 채 30분도 되지 않아 도착했다.

　"안녕하세요."

"끄응, 이야기는 들었죠?"

명건은 고개를 끄덕였다.

"이 사실을 알고 있었어요?"

"풍문은 들었습니다만, 실체를 확인한 것은 처음입니다."

"내가 왜 명건 씨를 보자고 했는지 짐작했겠죠?"

"물론입니다."

"조용하고 깔끔하게, 그리고 외부에 절대 이런 이야기가 새면 안 됩니다."

"알겠습니다. 그 백인들은 어떻게 할까요?"

"채찍과 당근을 같이 쓰세요."

"처리하는 것이 더 안전하지 않겠습니까?"

대찬은 고개를 저었다.

"보상을 후하게 해 준다면, 아무 말 하지 않을 것 같네요."

"지시대로 하겠습니다."

"그리고 이와 관련된 일들을 끝까지 추적해서 뿌리째 뽑아 버리세요."

명건은 곧바로 사무실을 나갔다.

홀로 남은 대찬은 심한 투통에 양손으로 관자놀이를 꾹꾹 눌렀다.

'세상에 인육이라니.'

처음 보고를 받자마자 화가 폭발했다.

회귀 전 매스컴에서도 인육 유통과 실체를 가지고 대서특

필할 정도로 아주 민감한 사항이었다. 카니발리즘, 즉 식인을 하는 종족을 서양인들은 학살할 정도로 치를 떨었다.

일의 시작은 검증 제도의 시행으로 평소에 주변에서 좋지 않은 소리가 심하게 들릴 정도로 행태가 불량한 중국인을 방문한 것이었다. 경찰을 대동하고 방문을 했는데, 행정공무원이 대화하는 동안 흔하지 않은 중국인의 거처였기에 경찰이 호기심을 가지고 돌아보던 중 짙은 비린내를 맡았다. 이를 이상하게 느껴 몰래 수색했는데, 사람의 시체 토막이 나왔던 것이다.

경찰이 당장 보고하겠다는 것을 어르고 달래 잠깐의 시간을 벌었고 이는 바로 대찬에게 보고되었다.

'절대로 외부에 소문나면 안 돼!'

살인 사건이 일어난다면 중범죄로서 취급받고 신문에는 나겠지만 연쇄살인이 아닌 이상 대대적으로 보도되지는 않을 것이다. 하지만 납치에 살인 그리고 식인까지 포함된 반인륜적인 범죄라면, 샌프란시스코에서 끝이 나지 않고 미국 전역에 대서특필될 것이었다.

'문제는 이 망할 짱깨들이 표면적으로는 한인이라는 거지.'

많이 홍보되기는 했지만 여전히 관심 없는 사람들 입장에서는 한인이건 중국인이건 그냥 똑같은 아시아인일 뿐이다. 이로 인해 좋지 않은 이미지가 생긴다면, 앞으로의 계획에 엄청난 타격이었다.

'그 백인들을 죽였어야 했나?'

당장 죽인다는 것에 거부감이 있어 명건에게는 채찍과 당
근을 써서 입막음을 하라고 했지만, 발 없는 말이 천 리 간다
는 속담이 있듯 불안하기 짝이 없었다.

"어휴."

대찬이 할 수 있는 일이라고는 한숨과 일이 커지지 않기를
바라는 것밖에 없었다.

명건은 대찬의 사무실에서 나오자 대기하고 있는 부하에
게 물었다.

"그 미친놈들 어디 있나?"

"창고에 있습니다."

"가자."

차에 올라타자 시동이 걸렸고 빠르게 항구에 있는 창고로
향했다.

창고 근처에는 지키는 몇 사람을 제외하고는 아무도 없었
다. 근방은 조용했는데 모두들 그 창고가 명건의 소유란 것
을 알고 있기 때문에 혹시라도 오해받을까 근처에도 가지 않
았다.

끼이익.

브레이크 소리와 함께 차가 멈췄다.

"오셨습니까?"

"연장은?"

"다 준비되어 있습니다."

"문 열어라."

바로 문을 여는 것이 아니라 무언가를 만지고 두들기고 했는데 약속된 신호였다.

문이 열리자 명건은 부하들과 함께 창고에 들어갔다.

그 안에는 눈을 가리고 입에 재갈을 물린 채로 꽁꽁 묶여 있는 사람이 있었다.

"재갈 풀어."

명령에 재빠르게 자리에 앉히고 재갈을 풀었다.

"사, 살려 주세요!"

"너 말고 또 누구냐?"

"살려 주세요!"

명건은 부하를 슬쩍 쳐다보며 눈짓했다.

익숙하게 묶인 사람을 두들겨 팼다.

"그만, 다시 한 번 묻는다. 또 누구야?"

"말하면 살려 주는 건가요?"

"생각해 보지. 이름을 대."

"확실하게 보장해 주세요."

명건의 눈썹이 꿈틀거렸다.

"재갈 물려."

"아, 안 돼! 으읍, 읍."

명건은 품에서 담배를 꺼내 입에 물었다.

"난 인내심이 그렇게 좋은 사람이 아니야. 그럼 나는 이만 갈 테니까, 할 말 있으면 여기 있는 내 부하들에게 말하라고."

명건은 말을 마치고 지포라이터를 꺼내 담배에 불을 붙였다.

"나는 처리해야 될 일이 있으니까, 이놈한테 이름을 받아내."

그는 짧게 말을 마치고는 창고 밖을 나갔다.

"백인 놈들은 어디 있냐?"

"옆 창고에 있습니다."

"가자."

얼마 가지 않아 다른 창고에 도착했는데, 마찬가지의 과정을 거쳐 창고로 들어가자 백인 세 명이 건물 안을 서성이며 불안해하고 있었다.

"어, 어! M!"

명건을 보고 알아보는 사람이 있었는지 M이라고 부르며 겁을 먹었다.

"내가 누군지 아나 보네?"

"아, 네."

"그럼 길게 말하지 않아도 되겠네?"

"무슨……."

"죽을래? 살래?"

"살려 주세요!"

세 사람은 경쟁하듯이 명건에게 살려 달라 빌었다.

"사실 나는 깔끔하게 너희들을 다 정리하고 싶은데 말이야. 그래야 뒤탈이 없거든. 그건 경찰인 너희들이 더 잘 알고 있잖아. 그치?"

"아, 아닙니다. 절대 입 다물고 죽은 듯이 살겠습니다."

"아, 고민이네."

명건은 샌프란시스코에 제일가는 조직의 두목이었다. 표면적으로는 한인애국수호단이라는 명칭을 내걸고 있지만, 처음 애국단을 세웠을 때의 결의와 뜻은 온데간데없고 지금은 마피아나 갱스터 혹은 조직폭력배가 어울리는 단체가 되어 있었다. 그럼에도 불구하고 그는 대찬을 존경하고 따랐는데, 무슨 일을 하던 간에 광복에 대한 꿈은 마찬가지였기 때문이었다. 그리고 대찬 다음가는 광복군의 기부자는 명건이었다.

사시나무 떨듯이 벌벌 떨고 있는 세 사람을 두고 잠깐 고민하다 명건의 입이 열렸다.

"좋아, 살려 줄 수 있어. 그런데 내가 뭘 믿고 너희들을 살려 둬야 할까?"

"그, 그건⋯⋯."

아무런 연관점도 없고 신뢰도 전혀 없는 관계에서 이들을 믿고 살려 둘 필요가 전혀 없었다.

"역시 나는 뒤탈 없는 것이 좋아."

"절대 입도 뻥긋하지 않겠습니다. 제발 믿어 주세요!"

셋은 목숨이 경각에 달했다고 느꼈는지 명건의 바짓가랑이 붙잡고 늘어졌다.

"흠, 어떻게 할까?"

명건은 부하를 보고 손을 뻗었다. 그러자 총을 건넸다.

"히힉!"

놀라서 오줌을 지리는 사람도 있었다.

"너희들 운이 좋아."

고갯짓을 하자 봉투를 가지고 왔다.

"살려는 줄게."

장난스럽지만 눈빛에는 살기가 돌았다.

"단! 오늘 겪었던 일은 머릿속에서 지워, 알겠지?"

"네, 네네. 맹세합니다."

"저는 벌써 잊었습니다."

"절대 발설하지 않겠습니다."

"좋아. 야, 하나씩 줘라."

한사람에 하나씩 봉투를 쥐여 줬다.

아메리칸
드림

"아무리 생각해도 너희는 운이 참 좋아."

명건은 뒤돌아섰다.

"가자."

말이 떨어지자 부하들이 좌우로 붙었다.

창고에서 벗어나자 앞에 대기하고 있는 부하가 있었다.

"뭐야?"

"입을 열었습니다."

"그놈은?"

"처리할까요?"

"아니, 그놈이 말한 놈들 다 잡아 와. 그리고 대면시켜서 확인해."

"알겠습니다."

명령을 내리고 다른 부하를 보았다.

"그 한인 행정가는?"

"경고는 해 놨습니다."

"정중하게 했지?"

"물론입니다. 아주 정중하게 말해 놨습니다."

명건은 식인을 하는 중국인을 뿌리 뽑기 위해 누군가를 부는 즉시 족족 잡아 들였는데, 그 숫자가 백이 넘어섰다.

"이 X 같은 새끼들!"

문제는 금방 끝날 것이라 생각했던 일이 꼬리에 꼬기를 물고 계속해서 줄줄이 엮여 나온다는 것이었다.

결국 끝났다고 생각이 드는 순간이 왔는데, 그동안 잡아들인 중국인이 2백을 넘어서야 간신히 그 끝을 볼 수 있었다.

"어떻게 할까요?"

부하가 물어 왔다. 한둘 정도는 간단히 처리할 수 있지만 수가 2백이 넘어가자 처리하는 것도 큰일이었다.

"적당한데 가둬 놓고 불 질러라."

식인을 하는 사람들을 살려 둘 수도 없으니, 죽이는 방법밖에 없었기에 과감하게 지시했다.

따르릉.

"여보세요."

ㅡ금산 선생님. 저 명건입니다.

"아, 명건 씨."

ㅡ네, 다름 아니라, 다 처리되었다는 것을 알려 드리기 위해서 전화드렸습니다.

"어떻게 하셨어요?"

ㅡ하하, 그냥 처리되었습니다.

너스레를 떠는 목소리에 대찬은 직감했다.

"알겠어요. 고생하셨네요."

ㅡ아닙니다. 언제든지 필요하면 말씀만 해 주시면 됩니다.

아메리칸
드림

"미안합니다."

─어이쿠, 이만 끊습니다.

전화를 끊고 대찬은 마음이 아팠다.

"어휴."

부쩍 회의감이 들었다.

"때려치울 수도 없고 그렇다고 계속 이럴 수도 없으니, 참."

무척이나 술이 당겼다.

"오늘은 진탕 취해야겠다."

대찬은 한쪽에 정렬되어 있는 술을 집었다.

＊

뒤처리는 흠잡을 곳이 없을 정도로 깔끔했다. 아울러 중국
인들은 마치 살얼음판 위에 있는 듯 몸을 사리기 여념이 없
었다.

명건은 조용히 추문을 흘렸다. 순식간에 2백 명이나 되는
사람이 사라진 정확한 이유에 대해서였는데…….

─인육을 섭식하는 사람들을 전부 불태워 죽었다.

이는 명백한 경고였다.

조용히 바다에 가서 수장시키거나 땅속에 소리 소문 없이

묻을 수도 있었지만, 일부러 가장 화려하고도 잔인한 방법을 썼다. 똑같은 일이 벌어진다면 너도 불태워 죽이겠다는 뜻이었다.

이러한 소문은 대찬의 귀에도 들어왔다.

'쯧, 예상은 했지만……'

애써 고개를 저으며 잊기 위해 노력했다.

'심란하네.'

그들에게 동정심이 생기거나 스스로 잘못했다고 느끼지는 않았지만, 자신의 지시로 수많은 사람이 죽었다는 생각이 들어 마음이 편하지 않았다.

'당분간 동부에 가 있을까?'

마침 동부에서 활동하기도 아주 좋은 때였고, 미국에서 진정한 주류로 진입하기 위해서는 동부에 어느 정도 기반과 활동이 있어야 했다.

"엠마하고 이야기해 봐야겠다."

전화기를 들고 집에 전화를 걸었다.

―여보세요.

"아, 리타, 존이에요. 엠마 바꿔 주실래요?"

―네, 사장님.

잠시 기다리자 밝은 목소리가 들렸다.

―여보?

"나예요. 뭐 하고 있었어요?"

-주니어와 놀고 있었어요.

"뭐 하고요?"

-정원에서 숨바꼭질도 하고 이것저것 했어요. 근데 왜요?

"하하, 뭐 하나 물어보려고요. 우리 뉴욕 갈래요?"

-정말요?

"네, 가고 싶어요?"

-네!

"그럼 이번 주에 가요."

-와! 드디어 새로 지은 집에 가 볼 수 있겠네요.

"그래요. 그럼 조금 이따가 봐요."

-네, 빨리 들어오세요.

쇼핑몰

대찬의 가족이 샌프란시스코를 떠나 새로 지은 집에 도착한 것은 며칠이 지난 후였다.

"우와!"

꿈에서나 나올 것 같은 대저택을 바라보니 절로 감탄사가 터졌다.

"흐응."

반면 엠마는 알 수 없는 콧소리만 냈다.

"뭐가 마음에 안 들어요?"

"마음에 들어요. 그런데…… 음, 몇 가지 손봐야 될 것 같아요."

대찬은 완벽하다 생각했지만, 엠마가 마음에 들지 않는 부분이 있는 듯 손본다고 하자 황당했다.

"들어가요."

더 볼 것이 없다는 듯 엠마는 대찬의 손을 잡아끌었다.

건물의 입구에 도착하자 대기하고 있던 사내들이 3미터 정도 되는 문을 양쪽에서 잡고 열었다.

조금의 삐걱거림도 없이 원활하게 열리는 문.

안으로 들어서자 대리석으로 된 바닥에 구두 소리만 들렸다.

또각또각.

양쪽에 길게 선 사람들이 공손하게 인사를 건넸다.

머리 위로는 커다란 샹들리에가 있었고 2층으로 올라가는 계단은 정면에 빨간색 카펫이 깔려 있었다.

그리고 바로 보이는 그림.

대찬은 순간 '멘털'이 탈탈 털렸다.

"맙소사……."

신사복을 입고 정면을 강렬하게 응시하고 있는 스스로의 모습.

'아, 부끄럽다.'

"좋아."

나지막이 마음에 든다는 말을 내뱉은 엠마가 이상하게 보였다.

"여보, 저 그림 다른 걸로 바꾸면 안 될까요?"

"절대! 안 돼요!"

"제발!"

"놉!"

엠마는 단호하게 말하고는 구석구석 살피기 시작했다.

"집사!"

"네, 말씀하십시오."

중년의 백인 사내가 익숙한 듯 대꾸했다.

"내부 공사 얼마나 됐어요?"

"일단 사용하실 침실과 이곳 내부 홀은 완료가 되었습니다."

"그럼 나머지는요?"

"전체를 놓고 따지자면 약 30퍼센트 정도 되었습니다."

"정원은?"

"준비되었습니다. 한번 보시겠습니까?"

"좋아요."

두 사람이 나누는 대화에 대찬은 얼떨떨했다.

'뭐야? 방금 들어오면서 본 정원이 다가 아니었어?'

정갈하고 반듯하게 잘 꾸며진 정원을 지나 차가 멈췄다. 내린 장소에서 뒤를 돌아봤을 때 꽤 만족스러운 정원이었기에 별생각이 없었다. 그렇게 홀을 지나 반대편에 있는 넓은 창을 통해 정원을 보았다.

"헐."

아름다운 광경.

미처 알지도 못했던 꽃들이 형형색색으로 넓게 그리고 질서 있게 자리 잡았다. 영화 속에서나 볼 수 있었던 가든파티를 해도 몇백 명은 충분히 수용할 수 있는 잔디밭도 있었다.

"어떠십니까? 마음에 드십니까?"

집사가 묻고 엠마는 대답했다.

"아주 좋아요."

너무나 익숙하게 반응하는 엠마를 보고 대찬은 기가 찼다.

'이건 뭐 왕궁이네, 왕궁.'

그때 대찬의 눈에 무언가 들어왔다.

"어라? 선착장?"

"눈이 참 좋으신 것 같습니다. 맞습니다. 저기 보이는 강이 허드슨 강의 한 부분입니다. 물론 사유지입니다. 저기 오른편에 보이는 건물은 게스트 하우스, 마지막으로 저 멀리에 있는 건물은 마구간입니다."

샌프란시스코의 집도 충분히 과하다고 생각했는데, 이 집은 상식을 파괴했다.

회귀 전 상류층의 집이라고 생각했던 것은 모 방송국에서 나왔던 드라마 '시크릿 가든'에서 남자 주인공이 살던 집이거나 혹은 익숙하게 나오는 회장님 집 정도였다. 그런데 지금은 그 수준을 아득히 뛰어넘었다.

'이게 내 집이라고?'

눈앞에 보이고 만질 수도 있지만 여전히 실감이 나지 않았다.

"여보, 어때요?"

"아, 아주 좋아요."

"꿈만 같죠?"

대찬은 고개를 끄덕였다.

"다 당신 거예요."

"사장님, 사모님, 손님이오셨습니다."

"누구?"

질문이 끝나기도 전에 익숙한 목소리가 들렸다.

"하하, 어서들 오게나."

반가운 모습.

오랜만에 만나기에 더욱 유쾌했다.

"오랜만에 뵙네요."

"그래, 자주 찾아오지 그랬나?"

"앞으로는 자주 뵐 것 같아요."

"이제 본격적으로 동부에 진출할 생각인가 보구먼."

"네, 잘 부탁드립니다."

"하하, 우리 손녀사위를 내가 잘 봐줘야지 밉게 보겠나?"

"피, 할아버지, 저랑 증손자는 안중에도 없어요?"

"물론 눈에 박히지. 잘 지냈느냐? 아이고 우리 주니어!"

도란도란 이야기를 나누고 있다 보니 집사가 쟁반에 잔을 들고 왔다.

"축하 선물이네."

잔을 나누어 갖고 집사 옆에 따라온 사내가 조심히 와인을 잔에 채웠다.

"자, 한잔하지. 입주를 축하하고 건승하길 바라네."

쨍.

맑은 소리와 함께 앞길을 축하했다.

한 모금 마시자 쌉쌀하지만 진한 포도향이 느껴졌고 마지막에는 달콤한 맛으로 끝나는 좋은 와인이었다.

"그런데 집들이는 언제 할 생각인가?"

"당연히 해야지요. 이번 주에 하려고 하는데, 할아버지는 어떻게 생각하세요?"

엠마가 잽싸게 말했다.

"하하, 그럼 이번 주에 집들이 파티를 한다고 소문 좀 내봐야지."

"제대로 준비해야겠네요."

기대 가득한 엠마는 당찬 포부를 밝혔다.

"그래, 동부 전체에 소문이 날 정도로 강씨 집안을 보여주게."

듣고만 있던 대찬이 말했다.

"이거 부담되네요."

"걱정하지 말게. 이미 이 집으로 기세의 5할은 가지고 시작하는 것 같으니."

가족들이 담소를 나누며 식사를 하자 그제야 존은 자신의 집으로 돌아갔는데 이날부터 매일 방문했다.

"앞으로 무엇을 할 생각인가?"

"글쎄요. 경기가 무척 좋아 보이거든요. 그래서 무엇을 해도 좋을 것 같다는 생각이 들어요."

"무엇을 해도 좋을 것 같다? 예를 들어?"

"음, 경기가 좋다는 말은 사회적 분위기가 낙관주의가 팽배하다는 것이죠. 가장 잘될 것 같은 것을 뽑아 본다면, 개인적으로는 문화 사업이 잘될 것 같아요."

"문화 사업? 음악이나 연극을 말하는 것인가?"

"연극은 잘 모르겠지만, 음악 사업이 잘될 것은 확실해요. 현재 가지고 있는 레코드 회사나 라디오 방송국이 시작한 지 얼마 되지 않았지만 매일 수익이 느는 게 눈에 보이거든요. 그리고 영화 사업도 잘되지 않을까 싶어요."

"그렇구먼. 다른 것은 어떤가?"

"음, 아마 건축 회사도 굉장히 많은 수익이 날 거예요."

"그건 나도 느끼고 있네. 지금 당장 뉴욕 시만 가 보더라도 새롭게 짓고 있는 건물이 많이 보이니까 말일세."

"맞아요. 더 높게, 더 화려하게 만드는 것이 포인트라고 생각해요. 그런데 이런 이야기를 할 필요가 없을 정도로 경기가 좋아 무엇을 해도 성공할 것이라고 예상돼요. 그런데 또 지금은 너무 경기가 좋은 것이 문제라고 생각해요."

"경기가 좋아서 문제다?"

"네, 오르막길이 있으면 내리막길도 있지 않겠어요? 지금 당장은 전쟁도 끝났고 미국은 이번 전쟁으로 막대한 수익을 가지게 됐어요. 그런데 전쟁이 끝나서 더 이상 막대한 수익이 나올 구석이 없어요. 돈을 많이 벌었으니 당장은 많이 쓰겠죠. 그런데 그게 영원할까요? 차라리 조금 느리더라도 천천히 올라가는 게 더 좋다고 생각해요."

엄청난 수익을 올린 미국과 국민들은 풍요로움 속에서 허우적거리고 있었다. 그런데 대공황이 오는 순간에 모든 것이 물거품이 된다는 것을 대찬은 알았다.

"그렇구먼. 항상 오르락내리락하는 것이 인생이지. 그렇다면 자네가 보기에 지금 같은 경기가 얼마나 될 것 같은가?"

"길어 봐야 5년에서 6년이라고 생각해요. 그리고 그때부터 징조가 보이기 시작하다 어느 순간 폭삭 주저앉겠죠."

"하하, 그렇다면 벌써부터 걱정할 필요는 없겠구먼. 하지만 자네 의견을 절대 잊지 않겠네."

두 사람은 앞으로의 사업의 방향과 어떤 사업에 주력할 것인지, 경제는 어떻게 변할 것 같은지 등 그동안 밀린 이야기를 실컷 했다.

좋은 사람과 만나 좋은 이야기를 하다 보니 시간은 금방 흘렀고 집들이 파티를 하는 날이 되었다.

파티가 시작되자 고급스러운 신사복과 화려한 드레스를 입은 사람들이 줄지어 왔는데, 이러한 파티를 깊게 경험해 보지 못한 대찬에게는 신세계였다. 특히나 최상류층 사람들인 데다 대찬에 대한 호기심에 참석한 사람이 많아 분위기가 굉장히 점잖았다.

대찬은 소개해 주는 사람들과 일일이 안면을 트느라 정신이 없었다.

"대찬아, 여기는 뉴욕 시 시장님이야."

동부에 먼저 자리를 잡은 명환은 그동안 쌓은 인맥을 소개해 주느라 덩달아 바쁜 사람 중에 하나였다.

"……그렇군요, 하하."

의례적인 대화와 함께 적당히 응대해 주었다.

'아, 피곤해.'

일반 사람 같으면 이렇게까지 많은 사람들을 소개받지 않았을 것이었지만, 대찬은 이미 미국에서 가장 유명한 사람 중에 하나였다. 능력도 출중한 사람으로 평가받으니 가뜩이나 소개도 힘든 판국에 친해지기 위해서 다가오는 사람도 많아 힘들었다.

"……그러셨군요. 아, 잠시 실례하겠습니다."

적당히 대화를 나누다 피신을 택해 화장실 가는 척하고는 바깥에 있는 정원으로 나갔다.

"휴우, 지치네."

방금까지 받던 스트레스를 쌀쌀한 저녁 바람이 불어 살짝 치유해 주는 것만 같았다.

"다시 들어가야 하는데……."

사람들 속에 파묻혀서 가식적인 이야기를 계속해야 된다고 생각하니 돌아갈 엄두가 나지 않았다.

"이러면 안 되는데."

위치가 대기업의 총수인 만큼 사람들을 휘어잡고 리더십을 보이며 분위기를 주도해야 하는데 익숙하지 않은 문화에 익숙하지 않은 사람들 태반이라 회피하고 싶었다.

"그래도 가야지."

적당히 바람을 즐기다가 마음을 다잡고 파티장으로 돌아갔다.

여전히 소개에 또 소개, 끊임없이 소개의 파도를 맞았다.

"이분은……."

"상원의원……."

전혀 즐겁지 않은 파티가 이어졌다.

시간이 지나 해일처럼 밀려오던 인파들이 어느 정도 해결되자 그제야 대찬은 여유를 가지고 주변을 둘러볼 수 있었다.

"이제 편하게 이야기를 나눌 수 있겠군요."

말을 거는 사람을 보자 익숙한 얼굴이었다.

"아, 모건 씨."

"오랜만입니다."

"네, 그간 잘 지내셨어요?"

"최근 기분 좋은 일이 많았지요."

전쟁으로 가장 큰 수익을 올린 것은 US스틸을 운영하는 모건이었다.

"앞으로도 기분 좋은 일이 많으실 것 같네요."

"그런가요? 하하."

모건은 웃는 것을 멈추고 말을 이었다.

"존 씨 역시 많은 수익을 얻은 것 같습니다?"

자세한 것을 일일이 알 수는 없겠지만 나름의 정보망이 있으니 충분히 가늠할 수 있을 것이다.

"부정하지는 않겠습니다. 그런데 모건 씨나 그 외에 분들이 얻은 이익만 하겠습니까?"

"호오, 우리 민족에 관심이 많은 것 같군요?"

"정확히는 제 관심사와 가깝기에 자연스럽게 접하게 되더군요."

"관심사라? 실례가 되지 않는다면 물어도 되겠습니까?"

"그저 아시아이기에 조금 관심이 있습니다."

모건은 고개를 끄덕였다.

"아시아 정보는 존 씨 담당이었지요."

"맞습니다. 제 담당이지요."

"그렇다면 팔레스타인 일을 잘 알고 계시겠군요?"

고개를 저었다.

"표면적인 것만 알고 있지요. 오히려 그곳은 유럽에 더 가까운 곳이니까요."

팔레스타인은 영국이 완전하게 유태인 국가 건설을 승인하면서 엄청난 변화를 겪고 있는 중이었다. 대규모 자본이 투입되면서 땅의 소유권이 조금씩 유태인에게 이전되고 있었고, 그곳에서 살고 있는 팔레스타인 사람들은 조금씩 외부로 밀리는 형세가 되었다.

"섭섭하군요. 엄밀히 따지면 유태인도 아시아 사람일지도 모릅니다."

"어쩌면 그럴 수도 있겠네요."

들리는 말을 표면적으로 생각하면 이스라엘은 서아시아에 속하니 아시아인이라고 말하는 것 같지만, 모건의 말은 어폐가 있었다.

'국가가 있어야지 어느 대륙이든지 속할 수가 있지.'

말인즉 팔레스타인에 이스라엘을 건국하기 위해 모든 일이 진행되고 있다는 뜻이었다.

'원하는 것이 뭐지?'

계속해서 말을 빙빙 돌리기를 수차례 내심 무엇을 말하고자 이러는지 궁금해졌다.

"참, 하시는 일은 잘되고 있으십니까?"

"딱히 일이랄 것이 있겠어요? 사업이 더 중요하지요."

"역시 존 씨는 타고난 사업가시군요. 그렇다면 국제 정세나 정치 쪽으로는 관심이 덜하시겠습니다."

"하, 하."

답하기 애매한 질문에 적당히 웃어넘겼다.

"뭐 좋습니다. 당장 동쪽에 일이 많으시니 서쪽에는 관심이 없으시겠죠?"

'아, 그건가?'

대찬은 비로소 무슨 이야기를 하려는지 알 수 있었다.

"제가 괜한 소리를 한 건 아닌지 모르겠습니다."

'여우같이 굴기는.'

이와 같은 말을 하는 이유는 뻔했다.

'관심을 갖지 말고 오지도 말라는 거지?'

지금까지 광복군이 활동하면서 여러 단체와 손을 잡은 결과 위구르와 티베트, 몽골이 독립국가로 노선을 잡았고, 러시아를 지원하면서 동서로 나뉜 것을 모건은 알고 있었다. 문제는 이런 일들이 소문이 나고 언급되기 시작하면서 임정에 수많은 방문자들이 생긴 것이다.

'아마 그중에 서아시아 국가들도 있나 본데.'

대찬에게 보고가 되는 것은 실체화가 된 경우와 급한 사안일 경우였다. 그 외에는 임정에서 나름의 기준을 가지고 판단하고 처리했기에 최근에는 대찬에게 일일이 보고되지 않는 것들도 많았다.

'일단 발뺌해야겠다.'

중동의 석유라면 또 다른 옵션이 될 수도 있으니 확실하게 답을 주는 것이 어떠한 걸림돌이 될지 몰랐다.

"저는 무슨 말씀이신지 모르겠습니다."

"……그렇습니까?"

표정이 관리가 안 되는지 약간 붉어졌지만 그렇다고 내심을 표현하지는 않았다.

"하지만 당장 서쪽은 제 관심 밖입니다."

"그렇군요."

이후에는 지극히 소소한 이야기를 나누다가 다른 사람과 대화를 하기 위해 대찬은 자리를 떴다.

'생각이 많은가 보네.'

동반자적인 입장으로 간다면 굳이 대찬에게 다분히 경고가 섞인 말을 하지 않았을 것이다. 하지만 현재까지 진행된 일들이 민족자결주의에 의거한 행동들이었기 때문에 팔레스타인 지역을 완벽하게 장악하지 못한 유태인들이 불안해하는 모양이었다. 혹시라도 상대방이 선이 닿아 지원받는다면 일이 복잡해지기 때문이었다.

'아무리 그래도 마르지 않는 샘물을 포기할 수는 없지.'

대찬이 관심을 가지는 곳은 이란과 이라크, 이렇게 석유를 콸콸 생산해 내는 곳이다. 어떻게든 구워삶아서 철도만 연결

한다면 쉽게 물자를 확보할 수 있다. 마침 몽골, 위구르, 티베트로 인해서 그곳까지 닿을 수 있는 루트도 많이 확보가 된 상황이었다.

'하지만 복잡하게 엮일 필요도 없으니, 필요한 때가 되면 협상하면 되지.'

당장 서쪽에는 관심 없다고 공언했으니 당분간은 서로 얼굴 붉힐 일은 없을 것이다.

시간이 계속 흘러 어느 시점이 되자 손님들이 파티를 떠나 집으로 되돌아갔다.

"휴우."

한바탕 전쟁을 치른 듯 몸이 노곤하기 그지없었다.

"고생했어요."

엠마는 침대 위에 있는 대찬 옆에 누웠다.

"이제 집들이 파티는 끝난 거지요?"

"네, 많이 힘들었나 봐요?"

"익숙하지 않으니까요."

"그래도 잘했어요. 오늘 파티에 참석한 사람들이 대찬이 뉴욕에 왔음을 대대적으로 알려 줄 거예요."

"그게 무슨 의미가 있나요?"

"그럼요! 내일 일어나면 신문부터 보세요."

"신문?"

"호호, 내일 알게 될 거예요."

순간 두 사람의 눈빛이 장난스럽게 얽혔다.

"빨리 알려 줘요."

대찬은 양손을 들어 장난기 가득하게 엠마를 간질였다.

"아!"

핑크빛 도는 소리.

본능적인 시간이 도래했다.

다음 날, 신문을 보자 엠마가 했던 말이 이해되었다.

대찬의 이야기가 신문의 일정 부분을 차지하고 있었다. 먼저 전날 대찬의 저택에서 파티가 있었음을 알렸다. 그리고 대찬이 어떤 사람인지 그리고 누가 참석했는지를 알리는 일종에 가십거리 기사였다.

"자연스러운 홍보네. 이래서 파티를 하라고 했구나."

서부에서는 호텔 연회장에서 하는 파티를 제외하고는 개인적인 파티를 열어 본 적이 없었다. 그 때문에 대찬은 이러한 문화에 대해서 문외한이었다. 그래서 굉장히 색다르게 느껴졌다.

"이걸로 뉴욕 입성이 완료된 건가?"

피식 웃음이 났다.

"확실히 다른 세상이야."

서부 같은 경우 인구수가 많지 않아서인지 제대로 된 상류층을 경험해 보지 못했는데, 동부로 넘어오자 미국의 최상류층이 어떤 식으로 사는지 살짝 엿볼 수 있었다.

"모든 행동에는 이유가 있다 이거지?"

아직 배우고 알아야 할 것이 많지만 금방 익숙해질 것만 같았다.

동부로 넘어오고 나서 일단 도시를 둘러보기 시작했다.

무엇이든지 풍요로웠고 사람들은 여유가 넘쳤으며 거리 곳곳은 화려하기 그지없었다.

'새로운 사업으로 뭘 해야 하나?'

분명 사업을 확장할 필요가 있었다. 동부에 대표적인 기업을 만들어야만 했는데, 사업 아이템 선정하는 것이 여간 까다로운 게 아니었다.

'짜잘하게 하는 것은 아닌 것 같고…….'

골목 상권을 잠식할 수 있는 아이디어는 많았지만, 그러고 싶지 않았다.

'그럼 뭘 해야 할까?'

수행 비서와 함께 뉴욕의 가정 번화가를 걸으며 뭘 해야 할지 고민했다.

"응?"

대찬의 눈에 들어오는 것이 있었다.

몇 사람이 낑낑거리며 외부 철제 계단을 통해 가구를 옮기는 것을 보며 '이건 아닌데.'라는 생각이 든 것이다.

"아!"

머리가 빠르게 돌아가기 시작했다.

'이사 사업은 사다리차를 만든다면 가능한 거네! 음, 이사 회사를 운영할 바에야 사다리차를 만들어 파는 것이 훨씬 나을 것 같고.'

이번에는 고개를 들어 건물을 위아래로 훑어보았다.

'건물 구조에 대한 혁신이 필요할 것 같은데. 내가 미래에서 본 그 구조라면 되려나?'

회귀 전 건축물은 특허를 낼 정도로 혁신적이고 창의적인 구조를 가지고 있었다.

'전부 다 기억나지는 않지만 건축 회사로 동부에서 확고한 자리를 잡음과 동시에 브랜드 가치를 올릴 수 있겠지?'

더군다나 대찬에게는 건축의 대가인 프랭크와 김 씨가 있으니 아이디어만 건네준다면 개발하고 발전시키는 것은 알아서 할 것이다.

'그리고 마지막으로 가구!'

사내들이 옮기고 있는 가구를 보자 든 생각이 세계적으로 유명한 가구 브랜드 '이케아'였다.

'대형 마트를 계획하고 있던 찰나에 잘됐지.'

서부에서는 인구수 부족으로 미뤄 두었던 대형 마트를 동부에서는 안정적으로 운영할 수 있겠다는 생각이 들었는데, 넓은 대지에 마트, 가구, 가전제품, 푸드 코트 등 마트를 넘어서서 대형 쇼핑몰을 해야 되겠다는 생각이 들었다.

"음, 좋아."

계획이 서자 더 이상 뉴욕 시를 돌아볼 필요가 없어졌다.

"사무실로 갑시다."

대찬이 뉴욕에 오면서 새롭게 마련해야 할 것이 한두 가지가 아니었는데, 그중에 하나가 사무실이었다. 자금이 부족하다면 임대로 사무실을 얻을 것이지만, 그게 아니니 적당한 건물 하나를 구입했다.

꼭대기 층의 사무실.

대찬은 문득 궁금해졌다.

'이 건물은 안전할까?'

엘리베이터가 있으니 오르내리는 것은 문제가 되지 않았지만 혹시라도 발생할 재난에 대비가 되어 있는지 의문이 들었다. 대찬은 당장 건물을 둘러보기 시작했다.

"이런!"

아니나 다를까 전혀 준비가 되어 있지 않았다. 그저 창밖으로 철제 계단이 있는 건 양호한 것이었다.

즉시 사람을 불렀다.

"어째서 피난 시설이 없는 건가요? 철제 계단도 없네요."

"아, 그것 말입니까? 외관상 좋지 않다고 처음부터 만들지도 않았습니다."

"헉!"

안전 의식 불감증.

마땅히 불안해하며 안전을 추구해야 하지만 설마 하는 마음으로, 혹은 다른 이유로 안전에 대해서 무시하는 경향이 강했다. 예를 들어 타이타닉 또한 구명정을 제대로 갖추고 있고 안전 교육을 제대로 했더라면 조금은 인명 피해를 덜 수 있었을 것이다.

"그러다 큰 사달이 나지."

대찬은 안전하지 않다는 것을 알면서 그대로 넘어갈 생각이 전혀 없었다.

"프랭크 씨하고 대화를 해 봐야겠네."

안전에 대한 패러다임을 바꿀 필요가 있었다.

"오늘은 이만 퇴근합시다."

찝찝한 마음에 사무실에 있고 싶지가 않았다.

결국 모든 일을 집에서 처리하기 시작했는데, 가장 먼저 해결해야 될 건 접근성이 좋은 넓은 부지를 확보하는 일이었다. 그런데 그런 자리에는 항상 이주민들의 천막촌이 즐비했다.

그런 천막촌 중 가장 좋은 자리라고 생각되는 곳을 찾아내고 토지를 구입했는데, 천막촌을 무자비하게 처리할 수는 없었다. 그래서 인도적인 처사로 대찬은 그들에게 일자리를 미끼로 서부로 이주할 것을 제의했다.

서부로 떠나는 사람들도 있었지만, 약 3분의 1은 뉴욕을 떠날 생각이 전혀 없는 것 같았다. 이미 일자리가 생겨 미래를 꿈꾸고 있거나 어떻게든 자리를 지켜 한밑천 벌어 볼 생각을 하기도 했다.

이에 변호사를 보내 경고를 했는데, 기한을 정해서 일정 기간 동안 퇴거하지 않는다면 강제로 하겠다고 전했다.

하지만 똥인지 된장인지 꼭 찍어 먹어 봐야 정신 차리는 부류들이 있었다. 대찬은 경찰에게 조금의 사례를 해 부지 정리를 깔끔하게 할 수 있었다.

"이제 건물 설계하고 짓고 물건 넣고 개장만 하면 되는 거네?"

세계 최초의 대형 쇼핑몰을 지을 생각에 흥분이 가시지 않았다.

to be continued

200평 초대형 24시 만화방

📖 수원시청점

로데오거리　　　●농협

　　　　●CGV　　⑧
24시 만화방　　　수원시청역
3F　　●홍콩반점　8번출구

TEL : 031-226-3771
수원시 팔달구 인계동 1041-11 3층 24시 만화방

수면실　　　　　사우나석
(침대식)

2인석　　　　　샤워실

세탁기　　　　　신간100%

📖 의정부점

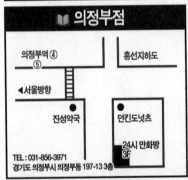

의정부역④　　　흥선지하도
　　　　⑤

◀서울방향

진성약국　　　던킨도넛츠

　　　　　　24시 만화방
　　　　　　3F

TEL : 031-856-3971
경기도 의정부시 의정부동 197-13 3층

📖 안양점

●안양역　　　육교

◀관악역　　　　　명학역▶

　　●농협
　　　　24시 만화방
　　　　2F
　　　　안양일번가

TEL : 031-466-3771
경기도 안양시 안양동 674-163 공룡고기건물 2층

📖 주안점

주안
남부역

◀제물포　　민병철　간석동▶
　　　　어학원

　　　　　24시 만화방 **6F**

TEL : 032-426-2871
인천광역시 주안남부역 지하상가 4번 출구 GS25시 건물 6층

📖 안산점

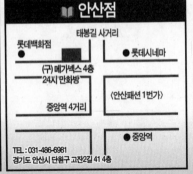

롯데백화점　태봉길 사거리
　　　　　　　　　●롯데시네마

(구)메가넥스 4층
24시 만화방
　　　　　　　〈안산패션 1번가〉
중앙역 4거리

　　　　　　　●중앙역

TEL : 031-486-6981
경기도 안산시 단원구 고잔2길 41 4층

아빠의 축구

허원진 장편소설

ROK
MEDIA

JUNGLER

정글러

구민재 장편소설

갑작스레 변한 미친 세상 속
생명을 담보로 한 처절한 게임
가슴 서늘한 치명적인 전율이 시작된다!
『정글러』

어느 날 각국 최고 지도자에게 날아온 초대장
그리고 시작된 생존 게임
"Welcome to the jungle!"

성명 : 윤지호
소속 : 국토안보기구 방위국
전투력 : SS등급
특이 사항 : 정글 투입 3회 (세계 유일)

임무가 끝나고 휴식을 즐기던 어느 날
악몽 같던 정글이 현실에 강림했다!

몬스터에 점령당하고 열대우림에 잠식된 도심 속에서
인류 최강의 전사, 정글러 윤지호
생존을 향한 그의 치열한 투쟁기!